Carlos Castaneda

Stopper-le-monde

Traduit de l'anglais par Marcel Kahn

Gallimard

Ce recueil est composé de textes extraits du
Voyage à Ixtlan. Les leçons de don Juan,
paru dans la collection Folio Essais, n° 103.

La vie de Carlos Castaneda est mal connue. Il a dit être né au Brésil en 1931, avoir passé plusieurs années en Argentine... D'après les documents officiels, Carlos Castaneda est né à Cajamarca au Pérou en 1925. Il émigre aux États-Unis à l'âge de vingt-six ans pour étudier la parapsychologie au Los Angeles City College, puis l'anthropologie à l'Université de Californie. Lors d'un voyage en Arizona vers 1960, Castaneda rencontre un Indien yaqui, don Juan Matus, qui, dit-on, a le pouvoir de manipuler le temps et l'espace. Il devient son élève et demeure cinq années auprès de lui pour suivre son enseignement. De retour à Los Angeles, Castaneda commence à écrire pour raconter son expérience spirituelle sous l'influence de drogues hallucinogènes. Son premier livre paru en 1968, *L'herbe du diable et la petite fumée*, rencontre un immense succès en plein mouvement hippie. Persuadé de l'influence décisive de l'enseignement du sorcier yaqui, Castaneda retourne auprès de lui. Entre 1968 et 1993, il publie plusieurs livres qui retracent les étapes de son apprentissage de la sorcellerie : *Voir (Les enseignements d'un sorcier yaqui)* qui relate le second moment de la recontre et illustre la tendance nouvelle de l'ethnographie pour substituer à l'analyse distante et « rationnelle » un autre mode de compréhension active ; *Le voyage à Ixtlan (Les leçons de don Juan)* dans lequel deux conceptions du monde s'affrontent. Elles ont pour enjeu la conscience de l'auteur qui se voit soumis à un déconditionnement intensif, auquel il se prête avec curiosité, tout en s'efforçant de comprendre ce qui lui arrive. Ainsi s'opère une initiation déroutante à la faveur de laquelle l'Occidental pénètre toujours plus profondément dans le monde mental de son guide. Initiation qui ne va pas sans rébellion, scepticisme et repentirs, sans parler des terribles angoisses qu'elle impose au néophyte. Initiation qui se poursuivra pendant dix ans et prendra fin sur une illumination qui forme la dernière partie du livre ; *Histoires de pouvoir* où l'apprenti devient sorcier lui-même, dans un dénouement surprenant et terrifiant ; *Le second anneau de pouvoir*, nouvelle étape vers l'impeccabilité. Dans *Le don de l'Aigle*, don Juan n'apparaît plus soudain comme un maître exceptionnel isolé mais comme le maillon d'une longue chaîne, chargé de transmettre à un autre la règle qui est une carte — le don de l'Aigle.

Homme secret malgré sa célébrité, Castaneda décède le 27 avril 1998, mais sa mort ne sera connue que deux mois plus tard.

Découvrez, lisez ou relisez les livres de Carlos Castaneda :

INTRODUCTION

Le samedi 22 mai 1971 j'allai au Mexique rencontrer à Sonora don Juan Matus, un sorcier indien yaqui dont j'avais depuis dix ans été l'apprenti. Maintes et maintes fois je lui avais rendu visite et celle-ci n'aurait dû en rien différer des autres. Cependant les événements de ce jour et des suivants eurent pour moi une influence décisive : mon apprentissage prit fin. Et cette fois-ci il ne s'agissait pas d'un abandon arbitraire de ma part, mais d'une fin logique en soi.

L'herbe du diable et la petite fumée *et* Voir témoignent de cet apprentissage. Dans ces deux ouvrages mon hypothèse primordiale fut que les états de réalité non ordinaire causés par l'ingestion de plantes psychotropiques constituaient pour qui apprend à être sorcier des points d'articulation cruciaux.

Don Juan maniait trois de ces plantes à la perfection : la Datura inoxia, *plus connue comme* Jimsom weed *aux États-Unis;* la Lophophora williamsii, *le peyotl; et un champignon hallucinogène du genre* Psilocybe.

*Sous l'influence de ces psychotropiques, ma percep-
tion du monde fut tellement bizarre et impressionnante
que j'en étais venu à supposer que ces états constituaient l'unique voie pour communiquer et apprendre
ce que don Juan essayait de m'enseigner.*

Cette supposition était erronée.

*Afin d'éviter que mon travail avec don Juan soit
mal compris, je désire, avant de m'expliquer plus
avant, clarifier quelques points.*

*Jusqu'à présent je n'ai en aucune manière tenté de
situer don Juan dans son milieu culturel. Le fait qu'il
se considère yaqui ne signifie nullement que sa
connaissance de la sorcellerie soit partagée ou prati-
quée par les Indiens Yaquis.*

*Toutes nos conversations eurent lieu en espagnol et
c'est grâce à sa parfaite maîtrise de cette langue que je
fus à même d'obtenir des explications complexes sur son
système de croyances.*

*Je continue à désigner ce système par le mot sorcel-
lerie et à présenter don Juan comme un sorcier parce
que lui-même utilisait ces termes.*

*Je pus prendre en note presque tout ce qui fut dit au
début de l'apprentissage et ensuite l'intégralité de tous
nos entretiens, par conséquent j'ai en main un dossier
abondant de notes de terrain. Pour les rendre lisibles
tout en conservant l'unité dramatique des enseignements de don Juan, il m'a fallu faire un tri ; mais le
matériel écarté est sans rapport, je crois, avec les points
que je veux mettre en relief.*

Quant à mon travail avec don Juan, je me suis

borné seulement à le considérer comme un sorcier et à acquérir une adhésion à sa connaissance.

Pour introduire mon propos je dois d'abord définir les fondements de la sorcellerie tels que don Juan me les présenta. Il déclara que pour un sorcier le monde de la vie quotidienne n'est pas, comme nous le croyons, réel ou présent. Pour un sorcier la réalité, c'est-à-dire le monde tel que nous le connaissons, n'est qu'une description.

Simplement pour rendre valable son affirmation fondamentale, don Juan s'efforça de son mieux de me conduire à la conviction profonde que ce que je tenais mentalement pour la réalité du monde n'était qu'une simple description du monde, une description dont on m'avait gavé dès ma naissance.

Il insista sur le fait que tout individu approchant un enfant devient un professeur qui lui décrit sans cesse le monde jusqu'au moment où l'enfant devient capable par lui-même de percevoir le monde tel qu'on le lui décrit. Ce moment, s'il pouvait être parfaitement défini, devrait être sinistre, mais d'après don Juan nous ne nous en souvenons pas pour la simple raison qu'à ce moment-là aucun de nous ne peut avoir de points de référence qui permettraient de le comparer à quoi que ce soit d'autre. Cependant, dès ce moment l'enfant est un membre-adhérent ; il connaît la description du monde et, à mon avis, son adhésion devient entière lorsqu'il est capable de faire toutes les interprétations perceptuelles adéquates qui, parce que conformes à cette description, la valident.

Par conséquent, pour don Juan, la réalité de notre

vie quotidienne réside en un continuel flot d'interprétations perceptuelles que nous, ceux qui partagent une adhésion *spécifique*, avons tous appris à faire.

L'idée que les interprétations perceptuelles qui font le monde constituent un courant s'accorde avec le fait qu'elles ont lieu sans arrêt et qu'elles ne peuvent que rarement, sinon jamais, être mises en question. En fait la réalité du monde que nous connaissons est considérée si naturellement comme allant de soi que l'idée fondamentale de la sorcellerie — notre réalité n'est qu'une description parmi beaucoup d'autres — ne peut même pas être abordée sérieusement.

Heureusement, pendant mon apprentissage, don Juan ne se soucia pas de savoir si je pouvais prendre ou non au sérieux ses propositions, et en dépit de mon refus, de mon incrédulité et de mon incapacité à comprendre ce qu'il disait, il alla de l'avant. Par conséquent il entreprit, comme professeur de sorcellerie, de me décrire le monde dès notre toute première discussion. Il me fut difficile de saisir ses concepts et ses méthodes parce que les éléments de sa description me restaient étrangers et surtout incompatibles avec ceux de ma propre description.

Il insistait sur le fait qu'il m'apprenait comment « voir », et non à « regarder », et que la première étape pour « voir » était de « stopper-le-monde ».

Pendant des années je pris cette idée de « stopper-le-monde » comme une métaphore obscure qui ne voulait pas dire grand-chose. Ce ne fut qu'au cours d'une conversation, vers la fin de mon apprentissage, que je me rendis compte qu'en fait il s'agissait d'une des plus importantes propositions de la connaissance de don Juan.

Pendant cette conversation tranquille et sans objet particulier, nous avions abordé bien des sujets divers. Je lui avais parlé d'un de mes amis auquel son fils âgé de neuf ans donnait pas mal de fil à retordre. Que lui fallait-il donc faire de cet enfant qui après avoir vécu quatre années avec sa mère était maintenant à sa charge ? D'après lui, son fils ne s'adaptait pas à l'école, n'arrivait pas à se concentrer, ne s'intéressait à rien. De plus il était coléreux, chahuteur et fugueur.

« Ton ami a vraiment un problème sérieux sur les bras », déclara don Juan en riant.

J'eus envie de lui raconter les frasques de cet enfant terrible, mais il m'interrompit :

« Pas besoin d'en dire plus sur ce pauvre garçon. Pour moi ou pour toi il est inutile de considérer ses actes d'une manière ou d'une autre. »

L'intervention sèche, le ton sévère furent suivis d'un sourire.

« Cet ami, que peut-il donc faire ? demandai-je.

— La pire des choses serait d'obliger cet enfant à accepter le point de vue de son père.

— Qu'entendez-vous par là ?

— Je veux dire que l'enfant ne devrait être ni battu ni effrayé par son père parce qu'il ne se conduit pas comme celui-ci le désire.

« — Mais, s'il n'est pas sévère avec lui, comment peut-il l'éduquer ?

— Pour battre l'enfant, ton ami devrait avoir quelqu'un d'autre.

— Comment pourrait-il laisser quelqu'un d'autre corriger son fils ? » dis-je, vraiment surpris.

Ma réaction l'amusa car il gloussa de rire.

« Ton ami n'est pas un guerrier, reprit-il. Sinon il saurait que la pire des choses est de brusquer un homme.

— Comment agit donc un guerrier ?

— Un guerrier opère stratégiquement.

— Je ne saisis toujours pas votre point de vue.

— Je veux dire que si ton ami était un guerrier il aiderait son fils à stopper-le-monde.

— Et comment donc ?

— Il aurait besoin de pouvoir personnel. Il lui faudrait être sorcier.

— Mais il n'est pas un sorcier.

— Alors, pour aider son fils à changer l'idée qu'il a du monde il doit se servir de moyens ordinaires. Ce n'est pas stopper-le-monde, mais ça marchera tout aussi bien. »

Je lui demandai de préciser sa pensée.

« En premier lieu, si j'étais cet ami dont tu parles, dit-il, j'engagerais quelqu'un pour fesser l'enfant. Je choisirais l'homme le plus laid qui soit.

— Pour effrayer un petit garçon ?

— Non, imbécile, pas seulement pour effrayer un petit garçon ; ce gamin doit être stoppé, les corrections de son père n'y arriveront pas.

« *Quiconque veut* stopper *ses semblables doit toujours être extérieur au cercle qui les oppresse. Ainsi peut-il toujours diriger sa propre pression.* »

Bien qu'extravagante, l'idée me plaisait.

Don Juan me faisait face le menton dans la main gauche, le bras contre le corps, le coude posé sur une caisse en bois qui faisait office de table basse. Ses yeux restaient clos, mais ils remuaient. J'eus l'impression qu'au travers de ses paupières il m'observait, et cela m'effraya.

« Don Juan, cet ami avec ce petit garçon, que peut-il faire d'autre ?

— Dis-lui de choisir soigneusement un clochard très laid. Dis-lui d'en prendre un jeune, un qui a encore de la force. »

Il exposa son plan qui était assez curieux. Mon ami devait demander au clochard de le suivre puis d'attendre à un endroit où il reviendrait en compagnie de son fils. Si l'enfant se conduisait mal, le clochard devait, sur un signe convenu, jaillir de sa cachette, saisir l'enfant et lui infliger une mémorable fessée.

« Une fois l'enfant bien effrayé, ton ami doit aider son fils à reprendre confiance, de quelque manière que ce soit. Après trois ou quatre aventures de ce genre, je te garantis que ce petit garçon changera d'attitude vis-à-vis de tout ce qui l'entoure. Il aura changé l'idée qu'il a du monde.

— Mais si cette frayeur lui donne un choc ?

— La frayeur n'a jamais fait de mal à personne. Avoir toujours quelqu'un sur le dos en train de frapper, de commander et d'interdire, voilà ce qui détériore l'esprit.

« Une fois ce garçon devenu plus pondéré, dis à ton ami de faire une chose de plus. Il doit se débrouiller pour trouver un enfant mort, chez un docteur, dans un hôpital, et il devra y conduire son fils. Il lui montrera le corps et devra faire en sorte que ce petit garçon touche le cadavre une seule et unique fois, peu importe où à l'exception du ventre; il doit le toucher de la main gauche. Cela fait, le gamin sera différent, pour lui le monde ne sera plus jamais le même. »

Alors, et alors seulement, je me rendis compte que don Juan avait utilisé avec moi au cours des années passées ces tactiques qu'il suggérait pour mon ami. Je le questionnai. Il déclara qu'il avait toujours tenté de m'apprendre comment « stopper-le-monde ».

« Et tu n'y es pas encore arrivé, continua-t-il en souriant. Rien ne semble marcher, tu as la tête vraiment dure. Avec moins d'entêtement il est cependant probable que tu aurais stoppé-le-monde avec n'importe laquelle des techniques que je t'ai enseignées.

— Quelles techniques ?

— Chacune des choses que je t'ai demandé de faire était une technique pour stopper-le-monde. »

Quelques mois plus tard don Juan parvint au but qu'il s'était fixé, m'apprendre à « stopper-le-monde ».

Ce prodigieux événement de ma vie me conduisit à un nouvel examen détaillé de ce travail de dix années. Il m'apparut alors clairement que mon hypothèse quant au rôle des plantes psychotropiques était erronée. En aucun cas ces plantes ne constituaient les éléments essentiels de la description du monde propre au sorcier, mais elles étaient simplement un moyen aidant, pour ainsi dire, à cimenter les parties de la description qu'autrement j'aurais été incapable de percevoir. L'insistance avec laquelle je m'agrippais à ma vision habituelle de la réalité m'avait pratiquement rendu imperméable aux intentions de don Juan. Par conséquent, c'est uniquement mon manque de sensibilité qui avait justifié la continuité de l'usage des psychotropiques.

En relisant la totalité de mes notes, je pus me rendre compte que don Juan m'octroya la majeure partie de cette nouvelle description dès les premiers jours de notre association avec ce qu'il nomma « techniques pour stopper-le-monde ». Dans mes témoignages précédents, j'avais rejeté ces éléments parce que étrangers à l'usage des plantes psychotropiques. Maintenant, je les rétablis dans la totalité des enseignements de don Juan.

En résumé, ce travail est la récapitulation des étapes par lesquelles don Juan instaura une nouvelle description du monde.

Lorsque je commençai cet apprentissage il y avait une autre réalité, c'est-à-dire qu'il y avait une description du monde selon la sorcellerie, description que j'ignorais.

Sorcier et maître, don Juan m'enseigna cette description. Mes dix années de l'apprentissage ont donc servi à établir progressivement cette réalité inconnue, en dévoilant sa description par addition d'éléments de plus en plus complexes au fur et à mesure que j'apprenais.

La fin de l'apprentissage signifia que j'avais appris de manière convaincante et authentique une nouvelle description du monde, et qu'ainsi j'étais devenu capable de susciter une nouvelle perception du monde qui s'accordait avec cette nouvelle description. En d'autres termes, j'avais gagné mon adhésion.

Don Juan affirma que pour « voir » il fallait nécessairement « stopper-le-monde ». « Stopper-le-monde » exprime parfaitement certains états de conscience au cours desquels la réalité de la vie quotidienne est modifiée, cela parce que le flot des interprétations, d'ordinaire continuel, est interrompu par un ensemble de circonstances étrangères à ce flot. Dans mon cas, l'ensemble des circonstances étrangères à mon courant normal d'interprétations fut la description du monde selon la sorcellerie. D'après don Juan, la condition préliminaire pour « stopper-le-monde » était qu'il fallait se convaincre ; c'est-à-dire qu'il fallait apprendre intégralement la nouvelle description dans le but précis de la confronter à l'ancienne jusqu'à parvenir à ébrécher la certitude dogmatique que nous partageons tous, à savoir que la validité de nos perceptions, notre réalité du monde, ne doit pas être mise en question.

Une fois le monde « stoppé », l'étape suivante était « voir ». Pour don Juan cela signifiait ce que j'aimerais caractériser comme « répondre aux sollicitations perceptuelles d'un monde extérieur à la description que nous avons appris à nommer réalité ».

J'affirme que ces étapes peuvent seulement être com-

prises dans les termes de la description dont elles font partie; et, puisqu'il s'agissait d'une description qu'il entreprit de me donner dès le début de nos rencontres, il me faut considérer ses enseignements comme la seule manière de pénétrer dans cette description. Donc que les mots de don Juan parlent pour eux-mêmes.

C. C., *1972*

1

Réassertions venues du monde qui nous entoure

« *Caballero*, je crois savoir que vous êtes versé dans les plantes », dis-je au vieil Indien.

Un de mes amis m'avait introduit, nous nous étions présentés et il déclina son nom, Juan Matus.

« C'est donc ce que prétend votre ami ?

— Oui.

— Je ramasse des plantes, ou plutôt elles me laissent les ramasser », dit-il.

Nous étions dans la salle d'attente d'une gare routière de l'Arizona. Poliment, en espagnol, je lui demandai si je pouvais lui poser quelques questions. J'avais dit : « Monsieur *(Caballero)*, me permettez-vous de vous poser quelques questions ? »

« *Caballero* » signifie cavalier et désigne à l'origine un gentilhomme à cheval. Il me dévisagea.

« Je suis un cavalier sans cheval », répondit-il avec un large sourire. Et il ajouta : « Je vous ai dit que Juan Matus est mon nom. »

Son sourire et son aisance me plaisaient. Je

pensais qu'il devait être un homme capable d'apprécier une franche audace, aussi décidai-je de l'aiguillonner par une demande.

Je déclarai que je m'intéressais à la collecte et à l'étude des plantes médicinales, en précisant que mon domaine de recherches particulier concernait l'usage du cactus hallucinogène nommé peyotl, espèce que j'avais longuement étudiée à l'université de Los Angeles.

Cela me sembla une présentation sérieuse, elle se tenait et m'apparaissait comme parfaitement légitime.

Le vieil homme hocha lentement la tête. Encouragé par son silence j'ajoutai que chacun de nous gagnerait certainement à un échange d'informations sur le peyotl.

À ce moment-là il leva la tête et me regarda droit dans les yeux d'une façon impressionnante toutefois ni menaçante ni effrayante. Simplement son regard me transperça. Je restais bouche bée sans pouvoir dire un seul mot. Ainsi se termina notre première rencontre. Cependant il me quitta sur une note d'espoir en déclarant qu'un jour je pourrais peut-être lui rendre visite.

Il serait difficile de juger de l'influence du regard de don Juan si mon inventaire de l'expérience ne reposait pas en quelque sorte sur la singularité de cet événement. Il y a dix ans, alors que je débutais dans mes études d'anthropologie, ce qui d'ailleurs me fit rencontrer don

Juan, j'étais déjà devenu un expert en « débrouille ». J'avais quitté ma famille depuis des années, et, à mon avis, cela voulait dire que je pouvais m'occuper de mes propres affaires. Chaque fois que j'essuyais un échec j'arrivais à me faire doucement entendre raison, ou je reculais d'un pas, discutais, me mettais en colère, ou si cela ne suffisait pas, je me lamentais et me plaignais. Ainsi, quelles que fussent les circonstances, je savais pouvoir m'en sortir d'une manière ou d'une autre. Jamais au grand jamais un homme ne m'avait stoppé au vol aussi rapidement et définitivement que don Juan en ce mémorable après-midi. Cependant il ne s'agissait pas uniquement du fait d'avoir été réduit au silence. Bien des fois je n'avais pas répondu à mon adversaire parce que j'éprouvais pour lui une sorte de respect naturel, tandis que ma colère et ma frustration suivaient leur cours dans mes pensées. Le regard de don Juan me paralysa au point qu'il me fut impossible de penser de manière cohérente.

Ce prodigieux regard m'intriguait tant que je décidai de rendre visite à don Juan.

Pendant six mois je me préparai. Je lus tout ce qui concernait l'usage du peyotl chez les Indiens d'Amérique, en particulier ce qui avait trait au culte du peyotl des Indiens des Plaines. Absolument tout me passa entre les mains, et, une fois fin prêt, je partis pour l'Arizona.

Avant de découvrir où il habitait je dus procéder à une longue et pénible enquête auprès des Indiens de la région. J'arrivai devant sa maison tôt dans l'après-midi ; je l'aperçus assis sur une caisse. Il sembla me reconnaître car dès que je descendis de voiture il me salua.

Pendant un certain temps nous échangeâmes des banalités, puis, sans détour, je lui avouai m'être vanté au cours de notre première rencontre : j'avais prétendu connaître le peyotl alors qu'à ce moment je l'ignorais totalement. Il me regarda fixement. La bonté émanait de ses yeux.

Je lui confiai avoir pris six mois pour me préparer, et cette fois-ci j'arrivais bien armé.

Il éclata de rire. Qu'y avait-il donc de si comique dans ma déclaration ? Il se riait de moi, je me sentis confus et surtout vexé.

Sans doute remarqua-t-il mon mécontentement, car il déclara que malgré toutes mes bonnes intentions il n'existait aucune manière de se préparer à cette rencontre.

Je me demandais si je pouvais le questionner pour savoir si sa déclaration contenait un sens caché, mais je ne dis rien. Néanmoins il dut suivre les mêmes réflexions que moi, car en guise d'explications il déclara que ma façon d'agir lui rappelait l'histoire d'un peuple persécuté et même parfois assassiné par son roi. Dans cette histoire faire une différence entre persécuteurs et persécutés eût été impossible, excepté que ces derniers se signalaient par leur prononciation différente de certains mots de la langue du pays, détail qui les trahissait. À tous les passages importants, le roi fit installer des postes de garde où chacun devait prononcer un mot clef ; s'il le prononçait à la manière du roi il avait la vie sauve, sinon c'était la mort immédiate. Un jour un jeune homme décida de se préparer à passer le poste, et apprit à prononcer le mot.

Avec un large sourire don Juan précisa qu'en fait c'est « six mois » qu'il fallut au jeune homme pour parvenir à prononcer le mot. Arriva le jour de la grande épreuve. Pleinement confiant, le jeune homme se présenta au poste de contrôle et attendit que l'officier lui demande le mot de passe.

Don Juan, à ce moment, suspendit son récit et me regarda. Cette interruption soigneusement calculée me parut vraiment abusive, cependant je jouai le jeu. Je connaissais l'histoire, c'est des Juifs d'Allemagne qu'il était question ; on pouvait facilement les identifier à leur manière de prononcer certains mots. Je n'ignorais rien de l'issue dramatique du récit : le jeune homme périssait simplement parce que l'officier ayant oublié le mot de passe lui demandait d'en prononcer un autre presque identique mais qu'il avait eu le malheur de ne pas apprendre à prononcer.

Toutefois don Juan semblait espérer une question de ma part.

« Que lui arriva-t-il ? demandai-je naïvement comme captivé par l'histoire.

— Ce jeune homme, un vrai malin, se rendit bien compte que l'officier avait oublié le mot de passe, et avant qu'il ne parle avoua s'être préparé au test pendant six mois. »

Il fit une autre pause et me jeta un regard espiègle. Il avait inversé les rôles ; la confession du jeune homme changeait tout. J'ignorais la fin.

« Et alors, que se passa-t-il ? demandai-je sans pouvoir cacher mon intérêt.

— Le jeune homme fut mis à mort sur-le-champ, c'est évident », dit-il en éclatant de rire.

La façon dont il avait capté mon attention était admirable, mais avant tout j'aimais la manière avec laquelle il avait changé cette histoire pour l'adapter à mon cas personnel, comme s'il l'eût créée spécialement pour moi. Discrètement mais avec une extrême élégance il se moquait de moi ; c'est pourquoi je ne pus m'empêcher de m'associer à son rire.

Néanmoins j'insistai en avançant que, même si cela semblait ridicule, je m'intéressais aux plantes et désirais en apprendre davantage sur elles.

« J'adore la marche », dit-il.

Je crus qu'il faisait exprès de changer de sujet ; ainsi il évitait de me répondre, mais en aucun cas je ne désirais l'irriter en insistant.

Il me demanda si j'avais envie de l'accompagner dans une courte marche dans le désert. Je répondis que j'aimais beaucoup la marche.

« Nous n'allons pas au parc pour une promenade », me prévint-il.

Je confirmai mon sincère désir de travailler avec lui. Je précisai que j'avais besoin d'informations, de n'importe quelles informations, sur l'usage des plantes médicinales, et qu'en tout état de cause j'étais prêt à rémunérer son temps et sa peine.

« Vous travaillerez pour moi, lui dis-je. Je vous paierai.

— Combien ? » demanda-t-il.

L'avidité de sa voix me réjouit.

« Ce que vous considérez comme adéquat.

— Pour mon temps..., paie-moi avec ton temps. »

J'eus l'impression d'avoir affaire à un drôle de bonhomme. Je prétendis ne pas comprendre. Il répliqua qu'il n'y avait rien à dire à propos des plantes, que prendre mon argent serait par conséquent impensable.

Les sourcils froncés il me transperça du regard.

« Que fais-tu dans ta poche ? Tu joues avec ton machin ? »

Sur un petit carnet enfoui dans les énormes

poches de mon anorak je prenais des notes. Il rit de bon cœur à cette révélation. J'expliquai ne pas avoir voulu le distraire en écrivant ouvertement sous son nez.

« Si tu veux écrire, écris. Tu ne me déranges pas. »

Nous marchâmes dans le désert environnant presque jusqu'à la nuit noire ; il ne me désigna pas une seule plante, il n'en mentionna aucune. Nous nous arrêtâmes près d'un gros buisson.

« Les plantes sont des choses très spéciales, dit-il sans me regarder. Elles sont en vie et elles sont sensibles. »

À l'instant même un coup de vent agita les broussailles autour de nous et les buissons frémirent.

« As-tu entendu ce bruit ? dit-il en portant sa main droite en cornet autour de son oreille. Les feuilles et le vent sont d'accord avec moi. »

Je me mis à rire. Par l'ami qui me l'avait présenté je savais que le bougre était un genre d'excentrique, « l'accord avec les feuilles » devait venir de ce fonds-là.

Nous reprîmes la marche pendant un certain temps, mais il ne montra ni ne ramassa une seule plante. Il se glissait entre les buissons en les effleurant doucement. Il s'arrêta et s'assit sur un rocher. Il me conseilla de me reposer et de regarder autour de moi.

Je voulus relancer la conversation et une fois

de plus je lui exprimai mon désir d'apprendre tout ce qui concernait les plantes, en particulier le peyotl. Je le priai de devenir mon informateur. Il serait bien payé.

« Tu n'as aucun besoin de me payer. Tu peux me demander n'importe quoi. Je te dirai ce que je sais et en plus ce à quoi ça peut servir. »

Cette offre me satisfaisait-elle ? Elle m'enchantait. Il fit alors une déclaration énigmatique :

« Peut-être n'y a-t-il rien à apprendre sur les plantes puisqu'il n'y a rien à dire à leur propos. »

Je ne compris ni ce qu'il avait dit ni ce qu'il aurait bien pu vouloir dire par ces mots.

« Qu'avez-vous dit ? »

Par trois fois il répéta mot pour mot sa déclaration. Soudain le rugissement d'un chasseur à réaction passant en rase-mottes secoua tout autour de nous.

« Voilà ! Le monde vient de signifier son accord avec moi », dit-il en mettant sa main gauche en cornet autour de son oreille.

Il m'amusait, et son rire était communicatif.

« Don Juan, êtes-vous de l'Arizona ? » Je voulais ramener la conversation autour du fait qu'il pourrait devenir mon informateur.

Il me regarda tout en hochant affirmativement la tête. Ses yeux paraissaient fatigués, je vis du blanc sous ses pupilles.

« Êtes-vous né ici ? »

Sans dire un mot il hocha encore la tête d'une

manière qui me semblait affirmative, mais qui tout aussi bien aurait pu être un mouvement nerveux de la part de quelqu'un qui se perd dans ses réflexions.

« Et toi, d'où es-tu ?

— Je viens d'Amérique du Sud.

— C'est grand. Viens-tu de partout à la fois ? »

À nouveau il me transperçait du regard.

J'entrepris de lui raconter mon enfance, mais il m'interrompit.

« Sur ce point, nous sommes semblables. Je vis ici maintenant, mais je suis un Yaqui de Sonora.

— Vraiment ! Je viens de... »

Il ne me laissa pas le temps de terminer.

« Je sais, je sais. Tu es qui tu es, quel que soit l'endroit dont tu es, tout comme je suis un Yaqui de Sonora. »

Ses yeux étaient extraordinairement luisants et son rire étrangement inquiétant. J'eus l'impression d'avoir été surpris en plein mensonge et une sensation de culpabilité très particulière me saisit. Il savait quelque chose, me semblait-il, que j'ignorais ou bien qu'il ne voulait pas révéler. L'étrange malaise s'accentua. Il dut s'en rendre compte, car il se leva et me demanda si je désirais dîner au restaurant.

Le retour à pied et le trajet en voiture jusqu'à la ville m'apaisèrent sans me détendre vraiment. Je ne pouvais toutefois discerner pourquoi je me sentais menacé.

En dînant, je voulus lui offrir de la bière, il

déclara ne jamais boire d'alcool, même pas de la bière. Au fond de moi-même je riais : comment le croire alors que l'ami qui nous avait présentés prétendait que le «vieux était la plupart du temps bourré à mort». Qu'il ait menti ne me dérangeait pas. Je l'aimais bien, quelque chose de très apaisant émanait de sa personne.

Peut-être devina-t-il mon doute, car il expliqua que, s'il avait bu dans sa jeunesse, il s'était arrêté un jour pour de bon.

«Les gens ne se rendent pas compte qu'ils peuvent abandonner n'importe quand n'importe quoi dans leur vie, simplement comme ça, dit-il en claquant des doigts.

— Pensez-vous qu'on puisse facilement cesser de fumer ou de boire ?

— Certainement ! affirma-t-il d'un ton convaincu. Fumer ou boire ce n'est rien. Rien pour qui veut s'en débarrasser. »

À ce moment le percolateur émit un sifflement aigu.

«Écoute ! s'écria-t-il avec un éclair dans les yeux. L'eau qui bout est d'accord avec moi. »

Après un silence il ajouta :

«Un homme peut avoir l'accord de tout ce qui l'entoure. »

Du percolateur jaillit un gargouillement vraiment obscène. Il regarda l'instrument et doucement dit : «Merci », puis il hocha la tête et éclata de rire.

Cela me surprit. Il avait un rire vraiment bruyant ; mais il m'amusait quand même.

Ainsi se termina ma première séance avec mon nouvel informateur. En sortant du restaurant il me dit au revoir, je déclarai avoir à rendre visite à des amis, mais que je serais heureux de pouvoir revenir chez lui vers la fin de la semaine suivante.

« Quand serez-vous chez vous ? »

Il me dévisagea en exprimant une curiosité certaine.

« Lorsque tu viendras.

— Mais j'ignore quand je reviendrai.

— Viens, et ne te fais aucun souci.

— Mais si vous n'êtes pas là ?

— J'y serai », dit-il en souriant. Et il s'éloigna.

Je me précipitai derrière lui pour lui demander si je pourrais apporter un appareil-photo pour prendre quelques clichés, lui, sa maison.

« Ça, pas question, dit-il en fronçant les sourcils.

— Et un magnétophone ?

— Je crois bien que cela n'est pas possible, ni l'un ni l'autre. »

Cette attitude m'ennuyait et me tracassait. Je ne comprenais pas son refus. Il secoua négativement la tête.

« Ça suffit, dit-il d'un ton ferme. Si tu veux me revoir, que je n'entende plus jamais parler de cela. »

J'émis néanmoins une dernière et faible

plainte : ces photos et ces enregistrements étaient indispensables pour mon travail. Il répondit qu'il n'y avait qu'une seule chose indispensable pour tout ce que nous entreprenions. Il la nomma « l'esprit ».

« On ne peut rien faire sans esprit. Et tu n'en as pas. Soucie-toi de cela, et non des photos.

— Que voulez-vous... ? »

D'un geste de la main il coupa court. Il recula de quelques pas.

« Sois certain de revenir », dit-il avec gentillesse. Et il fit un signe d'au revoir.

2

Effacer sa propre-histoire

Jeudi 22 décembre 1960

Adossé au mur de sa maison, don Juan était assis par terre près de la porte. Il retourna une caisse en bois et me pria de m'installer confortablement, comme chez moi. Je lui offris quelques paquets de cigarettes ; il répondit qu'il ne fumait pas mais acceptait le cadeau. Nous parlâmes du froid qui, la nuit, tombe sur le désert, et ainsi de suite.

Je voulus savoir si ma présence dérangeait ses habitudes. Il me regarda en fronçant les sourcils et déclara qu'il n'avait pas d'habitudes, que si bon me semblait je pouvais rester en sa compagnie tout l'après-midi.

Je sortis quelques fiches de généalogie et de parenté pour l'interroger à ce sujet. En compulsant la littérature ethnographique j'avais aussi établi une longue liste des traits culturels propres aux Indiens de cette région, et j'aurais voulu les passer en revue pour qu'il m'indique tout ce qui lui était familier.

Je décidai de commencer par les fiches de parenté.

« Comment nommiez-vous votre père ?

— Je l'appelais papa », répondit-il avec beaucoup de sérieux.

Cette réponse m'ennuyait, mais je décidai de poursuivre en considérant qu'il n'avait pas compris.

Je lui montrai la fiche, un côté pour le père, un côté pour la mère, et je citai comme exemple les différents noms qu'on utilise en anglais pour désigner son père et sa mère.

Peut-être aurais-je dû commencer par la mère.

« Comment appeliez-vous votre mère ?

— Je l'appelais mam, répondit-il avec naïveté.

— Ce que je voudrais savoir c'est s'il y avait d'autres mots dont vous vous serviez pour appeler votre père ou votre mère. Comment les appeliez-vous ? » J'essayais de garder mon calme et surtout de rester poli.

Il se gratta la tête et me regarda stupidement.

« Mon Dieu ! En voilà une question. Laissemoi réfléchir. »

Un moment passa, il semblait enfin se souvenir. Je me préparai à écrire.

« Eh bien, commença-t-il comme absorbé par sa recherche. Comment les appelais-je ? Je leur disais : Hé, hé, pap ! Hé, hé, mam ! »

Sans le vouloir j'éclatai de rire. L'expression

de son visage était réellement comique et j'ignorais s'il s'agissait d'un extravagant vieillard qui se jouait de moi ou bien d'un simplet. Avec toute la patience dont je pouvais faire preuve je lui expliquai le sérieux de telles questions et l'importance qu'avait pour moi le fait de remplir ces fiches. Je tentai de lui inculquer l'idée de généalogie et d'histoire personnelle.

« Quels étaient les noms de votre père et de votre mère ? » Il posa sur moi des yeux parfaitement lucides.

« Ne perds pas de temps avec cette merde », déclara-t-il doucement mais avec une force inattendue.

J'en restai bouche bée. C'était comme si quelqu'un d'autre avait prononcé ces mots. L'instant précédent j'avais vu un Indien gauche et stupide se grattant la tête, et soudain il avait inversé les rôles. Je me sentais stupide et il me dévisageait d'une façon indescriptible, mais pas d'un regard arrogant, défiant, chargé de haine ou de mépris. Ses yeux brillaient de gentillesse, ils étaient clairs et perçants.

« Je n'ai aucune histoire personnelle, dit-il après un long silence, un jour j'ai appris que l'histoire personnelle ne m'était plus nécessaire et comme pour l'alcool je l'ai laissée tomber. »

Cette déclaration me paraissait incompréhensible. Soudain je ressentis un malaise, comme une impression de danger. Je lui rappelai qu'il m'avait affirmé que mes questions ne le dérangeaient pas. Il me le confirma, elles ne le gênaient pas le moins du monde.

«Je n'ai plus d'histoire personnelle, reprit-il en me jetant un regard inquisiteur, un jour, lorsque j'ai eu la sensation qu'elle n'était plus nécessaire, je l'ai laissée tomber.»

Ne pas le quitter des yeux me laissait espérer de pouvoir le comprendre.

«Comment peut-on laisser tomber sa propre histoire?

— En tout premier lieu il faut avoir envie de la laisser tomber, et alors il faut harmonieusement, petit à petit, la trancher de soi.

— Pourquoi peut-on éprouver cette envie?»

Ma propre histoire me retenait énormément. Mon enracinement familial était profond. Sincèrement, je pensais que sans cela ma vie n'aurait eu ni sens ni continuité.

«Peut-être devriez-vous m'expliquer ce que vous entendez par laisser tomber sa propre histoire.

— S'en débarrasser, voilà ce que j'ai voulu dire», répondit-il sèchement.

J'intervins à nouveau pour préciser que j'avais sans doute mal compris sa déclaration.

«Prenez pour exemple votre cas. Vous êtes yaqui et vous ne pouvez rien y changer.

— Suis-je yaqui? répliqua-t-il en souriant. Comment le sais-tu?

— C'est vrai. Je n'ai pas la possibilité de m'en assurer; mais vous, vous le savez, et c'est ce qui compte. C'est ce qui constitue votre propre histoire. »

Le point me paraissait indiscutable.

« Le fait que je sache si je suis ou non yaqui n'en fait pas ma propre histoire. Cela devient ma propre histoire dès l'instant où quelqu'un d'autre le sait. Je puis te garantir que personne ne pourra jamais en être certain. »

Maladroitement je prenais tout en note. Puis je le regardai. Je n'arrivais pas à le définir et passais mentalement en revue les différentes impressions qu'il m'avait laissées : ce regard mystérieux et entièrement nouveau qui me transperça lors de notre première rencontre, ce charme avec lequel il prétendait avoir l'accord des choses qui l'entouraient, son humeur irritante et sa vivacité, son apparence de réelle stupidité pendant que je l'interrogeais sur ses parents, et surtout la force inattendue de ses déclarations, force qui m'ébranlait redoutablement.

« Tu ignores ce que je suis, n'est-ce pas ? reprit-il exactement comme s'il avait pu suivre le cours de mes pensées. Jamais tu ne sauras qui ou ce que je suis parce que je n'ai pas d'histoire personnelle. »

Il me demanda si j'avais un père, et sur ma réponse affirmative ajouta que mon père représentait exactement ce dont il avait parlé. Il insista pour que je me souvienne de la façon dont ce père me jugeait.

« Ton père te connaît dans les moindres détails, et il a de toi une image définitive. Il sait qui tu es et ce que tu fais, et rien sur cette terre ne lui fera changer l'idée qu'il s'est faite de toi. »

Don Juan précisa que tous ceux qui me connaissaient avaient une idée de ce que j'étais, et que par tout ce que j'accomplissais je confirmais cette idée qu'ils avaient de moi : « Ne t'en rends-tu pas compte ? lança-t-il d'un ton dramatique. Tu es obligé de renouveler ton histoire personnelle en racontant à tes parents, à ta famille et à tes amis tout ce que tu fais. Par contre, si tu n'avais pas d'histoire personnelle, il n'y aurait pas une seule explication à fournir à qui que ce soit, personne ne serait déçu ou irrité par tes actes. Mais surtout, personne n'essaie de te contraindre avec ses propres pensées. »

Soudain tout devint clair. Sans jamais l'avoir examiné en détail, je l'avais toujours su. Être sans histoire devenait une idée intéressante, tout au moins du point de vue intellectuel ; mais malgré tout elle créait en moi une sensation de solitude que je considérais comme dangereuse et mal venue. J'avais envie d'en parler avec don Juan, mais je me retins ; cette situation particulière présentant une incongruité terrible. Je me sentais ridicule parce que j'envisageais de m'engager dans une discussion philosophique avec un vieil Indien qui, sans l'ombre d'un doute, ne possédait pas le « raffinement » d'un étudiant. D'une certaine façon il avait réussi à me détourner de mon intention première qui était de le questionner sur sa généalogie.

« J'ignore comment nous en arrivons à aborder ce sujet, lui avouai-je, alors que je désire seulement quelques noms pour remplir mes fiches.

— C'est d'une simplicité effrayante, répondit-il. Nous en sommes arrivés à ce point parce que j'ai dit que questionner quelqu'un sur son passé constitue une énorme connerie. »

Le ton restait ferme. Je compris qu'il n'y aurait aucun moyen de changer son point de vue, par conséquent je modifiai mon approche.

« Cette idée de ne pas avoir d'histoire personnelle, est-elle particulière aux Yaquis ?

— C'est ce que moi je fais.

— Où donc avez-vous appris cela ?

— Je l'ai appris pendant toute ma vie.

— Votre père vous l'a-t-il enseigné ?

— Non. Disons que je l'ai appris par moi-même et que maintenant je vais t'en révéler le secret pour qu'aujourd'hui tu ne partes pas les mains vides. »

Sa voix se mua en un murmure dramatique. J'éclatai de rire. Je dus reconnaître son prodigieux don comique, j'étais en présence d'un acteur-né.

« Écris tout cela, me pressa-t-il d'un ton professoral. Pourquoi pas ? Tu sembles plus à l'aise pendant que tu écris. »

Je levai la tête et sans aucun doute il remarqua dans mes yeux ma profonde confusion. Il claqua ses mains contre ses cuisses et éclata d'un rire joyeux.

« Il est préférable d'effacer toute histoire personnelle, énonça-t-il lentement comme pour me laisser le temps d'écrire, parce que cela nous libère des encombrantes pensées de nos semblables. »

Cette déclaration me parut incroyable, une confusion extrême m'envahit. Mon visage traduisit mon émoi intérieur et il en profita sur-le-champ.

« Toi, par exemple, tu ne sais pas quoi penser de moi parce que j'ai effacé ma propre histoire. Petit à petit, autour de moi et de ma vie j'ai créé un brouillard. Maintenant personne ne peut savoir avec certitude qui je suis ou ce que je fais.

— Mais vous, vous n'ignorez pas qui vous êtes ?

— Bien sûr que je l'... ignore », s'exclama-t-il en se roulant par terre de rire à cause de mon expression de totale surprise.

Comme pour me laisser croire qu'il allait néanmoins avouer bien se connaître, il observa un long silence. Par cette ruse il me menaçait. La frayeur me gagna.

« Voilà le petit secret que je te révèle aujourd'hui, me confia-t-il à voix basse. Personne ne connaît ma propre-histoire. Pas même moi. »

Il loucha. Il ne me regardait pas, ses yeux restaient fixés au-delà de moi, par-dessus mon épaule gauche. Assis les jambes croisées, le dos droit, il semblait cependant détendu. À ce moment il était l'image même de la violence. Je l'imaginais en chef indien, en «guerrier peau-rouge» des histoires de mon enfance, et ce romantisme facile me conduisit à d'insidieuses et ambivalentes sensations. Sincèrement je pouvais dire que je l'aimais et du même souffle avouer qu'il m'inspirait une frayeur mortelle.

Il conserva son étrange regard pendant un moment.

«Comment savoir qui je suis alors que je suis tout cela», dit-il en désignant de la tête tout ce qui l'entourait.

Il me jeta un coup d'œil en souriant.

«Petit à petit tu dois créer un brouillard autour de toi. Il faut que tu effaces tout autour de toi jusqu'à ce que rien ne puisse plus être certain, jusqu'à ce que rien n'ait plus aucune certitude, aucune réalité. Actuellement ton problème réside en ce que tu es trop réel. Tes entreprises sont trop réelles, tes humeurs sont trop réelles. Ne prends absolument rien comme allant de soi. Il faut que tu commences par t'effacer toi-même.

— Et dans quel but?» demandai-je agressivement.

À ce point, il était clair qu'il m'indiquait la conduite à suivre. Au cours de ma vie j'avais été tenté de rompre chaque fois que quelqu'un se permettait de me dire comment je devais agir, et la seule pensée d'un conseil de ce genre me mettait instantanément sur la défensive.

« Tu as déclaré vouloir apprendre ce qui touche aux plantes, continua-t-il calmement. Espères-tu avoir quelque chose pour rien ? Où donc penses-tu être ? Nous avons été d'accord, tu pouvais me questionner, je te disais ce que je savais. Si cette situation ne te plaît pas nous n'avons plus rien à nous dire. »

Sa terrible franchise m'irritait, à regret je devais admettre qu'il avait raison.

« En somme, tu veux en savoir plus sur les plantes, mais puisqu'on ne peut rien en dire il faut, entre autres choses, que tu effaces ta propre histoire.

— Et comment ?

— Commence par les choses simples. Par exemple ne dis pas ce que tu fais. Ensuite il faut que tu abandonnes tous ceux qui te connaissent bien. Ainsi tu créeras un brouillard autour de toi.

— Mais c'est absurde. Pourquoi les gens ne devraient-ils pas me connaître ? Qu'y a-t-il de mal à cela ?

— Le mal est qu'une fois qu'ils te connaissent tu deviens pour eux quelque chose qui va de soi, et alors tu n'es plus capable de trancher le cours de leurs pensées. Personnellement, j'aime l'ultime liberté de rester inconnu. Personne par exemple ne me connaît avec certitude à la manière dont les gens te connaissent.

— Mais cela revient à mentir.

— Mensonge ou vérité m'importent peu, trancha-t-il avec sévérité. Les mensonges sont des mensonges seulement pour qui a une histoire personnelle. »

Je débattis ce point en avançant que je n'aimais pas mystifier les gens, ni les tromper délibérément. Il répondit que de toute façon je trompais tout le monde.

Le vieil homme avait mis le doigt sur une plaie purulente de ma vie. Je ne pris pas le temps de lui demander ce qu'il voulait dire, ni comment il savait que je trompais les gens en permanence, je réagis en essayant de me défendre par une explication. Je déclarai savoir parfaitement, et cela me causait une profonde peine, que mes parents et mes amis ne me faisaient aucune confiance alors que jamais dans ma vie je n'avais menti.

« Tu as toujours su mentir. Il te manquait seulement de savoir pourquoi. Maintenant tu le sais. »

Je m'insurgeai.

« Ne voyez-vous pas combien j'en ai assez de constater que les gens ne me font jamais confiance ?

— Mais on ne peut pas compter sur toi, répliqua-t-il d'un ton convaincu.

— Nom de Dieu ! On peut compter sur moi ! »

Mon humeur, au lieu de le rendre sérieux, le

jeta dans un rire quasi hystérique. Je haïs ce vieux plein de suffisance. Malheureusement, il avait raison.

Lorsque je repris mon calme, il continua :

« Si on n'a pas d'histoire personnelle, rien de ce qu'on dit ne peut être considéré comme un mensonge. Ton problème est de tout vouloir expliquer à tout le monde, mais du même coup tu voudrais garder la fraîcheur, la nouveauté de ce que tu fais. Eh bien, une fois que tu as expliqué tout ce que tu fais, tu n'arrives plus à te passionner et pour pouvoir continuer, tu mens. »

La tournure de notre conversation me déroutait. Je notai de mon mieux tous les détails de notre échange, en me concentrant sur ce qu'il disait, plutôt que de l'interrompre pour discuter de mes torts ou du sens de ses propos.

« À partir de maintenant, continua-t-il, il faut que tu ne révèles aux gens que ce que tu as envie de leur dire, mais jamais tu ne dois leur raconter exactement comment tu y es parvenu.

— Je ne sais pas comment garder un secret, ce que vous me conseillez est donc inutile.

— Alors, change ! » lança-t-il sèchement avec un éclair de violence dans les yeux.

Il ressemblait à un étrange animal sauvage, et malgré tout ses pensées et ses déclarations restaient parfaitement cohérentes. Mon ennui fit place à une confusion des plus énervantes.

« Vois-tu, reprit-il, nous avons une seule alternative. Ou bien nous prenons tout comme allant de soi, comme réel, ou bien nous adoptons le point de vue contraire. Si nous suivons la première proposition nous parvenons à l'ennui mortel, du monde et de nous-mêmes. Avec le second choix, ce qui suppose que nous effacions notre propre-histoire, nous créons le brouillard autour de nous. C'est une situation mystérieuse et passionnante ; personne ne sait d'où va sortir le lapin, pas même nous. »

J'avançai l'idée qu'effacer sa propre-histoire risquait d'accroître notre impression d'insécurité.

« Lorsque rien n'est certain, nous restons en alerte, nous sommes en permanence prêts au départ. Il est plus excitant de ne pas savoir dans quel buisson se cache le lapin que de se conduire comme si nous savions tout. »

Il garda le silence pendant assez longtemps, au moins une heure durant. Je ne savais que dire. Enfin il se leva et me demanda de le conduire à la ville voisine.

Cette conversation m'avait curieusement épuisé. Le sommeil m'envahissait. En chemin il me fit stopper et me dit que si je désirais me détendre il me fallait aller sur le plateau qui formait le sommet d'une proche colline, et là m'allonger à plat ventre, la tête dirigée vers l'est. Il semblait pressé, je n'avais pas envie de protester et j'étais peut-être trop fatigué pour parler. Je grimpai la pente et fis ainsi qu'il me l'avait ordonné.

Mon sommeil ne dura que deux à trois minutes mais assez pour renouveler mes énergies.

Nous allâmes jusqu'au centre de la ville. Là il me demanda de le laisser.

«Reviens, dit-il en descendant de la voiture. Sois sûr de revenir.»

3

Perdre sa propre-importance

Je racontai en détail à l'ami qui m'avait dirigé vers don Juan les conversations que nous avions eues au cours de ces deux rencontres. Selon lui je perdais mon temps, et il pensait aussi que j'exagérais jusqu'à me laisser aller à un romantisme facile à propos de ce vieux fada.

Pourtant le vieil homme et ses absurdités étaient peu faits pour alimenter une atmosphère romantique. En toute sincérité je constatais qu'il avait sérieusement miné l'élan d'amitié qui me portait vers lui lorsqu'il se permit de critiquer ma personnalité. Cependant il me fallait admettre la rigueur, la précision et la justesse de ses remarques.

Mon dilemme résidait dans le fait que je n'étais pas prêt à accepter l'indiscutable capacité de don Juan pour déranger mes préconceptions du monde, même si je rejetais l'opinion de mon ami pour qui « le vieil Indien était cinglé ».

Afin d'éclaircir cela j'eus envie de lui rendre visite au moins encore une fois.

Mercredi 28 décembre 1960

Dès mon arrivée chez lui il me proposa une marche dans le désert. Il n'eut même pas un regard pour les provisions que je lui apportais. Il semblait m'attendre, comme s'il avait su que j'arriverais juste ce jour-là.

Des heures durant nous marchâmes. Il ne cueillit aucune plante, il ne m'en désigna pas une seule. Cependant il m'enseigna une « forme appropriée de marche ». Il me conseilla de courber légèrement mes doigts vers la paume des mains pendant que je marchais ; ainsi, prétendit-il, je prêterais plus d'attention à la piste et aux environs. Selon lui, ma marche était débilitante et il précisa qu'on ne devait jamais rien porter dans ses mains. Pour les transports il concevait d'employer un filet passé sur le dos ou un bissac. Son idée était qu'en maintenant les doigts dans cette position particulière on avait plus de force et on bénéficiait d'une attention bien plus soutenue.

Pourquoi discuter ? Je plaçai mes doigts selon ses instructions et je le suivis. Ni mon attention ni mon énergie ne me semblèrent s'en trouver modifiées.

Nous marchâmes tout le matin pour ne marquer un arrêt que vers midi. Je transpirais. Je voulus boire à ma gourde, mais il m'arrêta pour me conseiller de ne prendre qu'une seule gorgée d'eau. Il alla à un buisson jaunâtre, cueillit quelques feuilles et les mâcha. Il m'en tendit quelques-unes en soulignant leur vertu désaltérante lorsqu'on les mâchait très lentement. La soif persista mais je me sentis revigoré.

Sans doute avait-il lu mes pensées. En effet il expliqua que je n'avais pas ressenti les avantages de la «juste manière de marcher», ou ceux du masticage des feuilles, parce que j'étais encore jeune et fort, que mon corps ne s'apercevait de rien puisqu'il demeurait en quelque sorte assez stupide.

Il se mit à rire. Je n'avais aucune envie de l'imiter, ce qui sembla l'amuser encore plus. Il précisa sa déclaration en ajoutant que mon corps n'était pas vraiment stupide mais d'une certaine façon assoupi.

Un énorme corbeau passa au-dessus de nous et croassa juste à ce moment-là. Je sursautai et fus pris d'un fou rire. La coïncidence me semblait propice à cet éclat de rire, mais à mon grand étonnement il saisit et secoua vigoureusement mon bras pour me faire taire. Son visage restait parfaitement sérieux.

«Il ne s'agissait pas d'une plaisanterie», dit-il avec sévérité comme si je pouvais comprendre sa remarque.

Je demandai une explication. Je lui fis part

de ma surprise de le voir se mettre en colère lorsque je riais d'un croassement de corbeau, alors que lui s'était esclaffé au gargouillement d'un percolateur.

« Ce que tu as vu n'était pas simplement un corbeau.

— Mais je l'ai bien vu, c'était un corbeau.

— Imbécile, tu n'as rien vu », rétorqua-t-il d'un ton bourru.

Sa rudesse me semblait incongrue, je lui déclarai que je n'aimais pas irriter autrui et que s'il n'était pas d'humeur sociable, il serait sans aucun doute préférable que je m'en aille sur-le-champ.

Il fut pris d'un éclat de rire majestueux, exactement comme on rit d'un clown, comme si j'étais ce clown. L'énervement et l'embarras me dominèrent.

« Tu es très violent, commenta-t-il d'un ton banal. Tu te prends trop au sérieux.

— Mais vous aussi, n'est-ce pas ? Vous vous preniez très au sérieux lorsque vous vous êtes mis en colère contre moi. »

Il déclara n'avoir pas eu la moindre intention de s'irriter à mon propos. Il me transperça du regard.

« Ce que tu as vu n'était pas un signe d'accord du monde. Les corbeaux en vol ou croassants ne sont jamais un signe d'accord. Ce sont des présages.

— Présages de quoi ?

51

— Une indication extrêmement importante qui te concerne », lança-t-il énigmatiquement.

À l'instant même, juste à nos pieds, le vent arracha une branche sèche d'un buisson.

« Ça c'est un accord », s'exclama-t-il. Il me fixa de ses yeux brillants et s'esclaffa.

J'eus l'impression très nette qu'il se moquait de moi. Il établissait les règles de cet étrange jeu au fur et à mesure que nous avancions. Il pouvait rire et je n'en avais pas le droit. À force de contenir ma contrariété je finis par exploser, et dis ce que je pensais de lui.

Il ne fut ni vexé ni blessé. Il ne s'arrêta pas de rire, ce qui ne fit qu'amplifier mon anxiété et ma frustration. Maintenant je savais qu'il m'humiliait sciemment. Je compris que « j'en avais ma claque » de ce travail de terrain.

Je me levai et déclarai que je voulais rentrer chez lui, puis me rendre à Los Angeles.

« Assieds-toi, m'ordonna-t-il. Tu t'énerves comme une vieille demoiselle. Tu ne peux pas partir maintenant parce que nous n'en avons pas fini. »

Je le haïssais. Il n'était qu'un Indien gonflé de mépris. Il entonna une chanson populaire mexicaine idiote. Il imitait un chanteur à la mode, mais il faisait traîner certaines syllabes, en contractait d'autres, et ainsi transformait la chanson en une parodie extrêmement burlesque. Je me mis à rire.

« Vois-tu, tu ris de cette stupide chanson, mais

le chanteur qui l'interprète et ceux qui payent pour l'écouter ne rient pas le moins du monde, ils pensent que c'est vraiment sérieux.

— Que voulez-vous dire par là ? »

À mon avis il avait soigneusement choisi son exemple pour me faire observer que j'avais ri du corbeau parce que je ne l'avais pas pris au sérieux, pas plus que cette chanson même. Mais à nouveau il me déconcertait. Il prétendait que j'étais comme le chanteur et ses admirateurs, pétri d'amour-propre et mortellement sérieux pour une absurdité dont aucun individu de bon sens ne se soucierait si peu que ce soit.

Alors, sans doute pour rafraîchir ma mémoire, il entreprit de récapituler tout ce qu'il avait déjà dit sur « apprendre ce qui touche aux plantes ». Il insista sur le fait que si je désirais vraiment apprendre il me fallait pratiquement changer toute ma ligne de conduite.

Mon sentiment de contrariété allait croissant et je dus m'obliger à un effort considérable pour ne pas cesser de prendre des notes.

« Tu te prends trop au sérieux, reprit-il lentement. Tu es sacrément trop important, du moins d'après l'idée que tu te fais de toi-même. C'est ça qui doit changer ! Tu es tellement important que tu peux te permettre de partir lorsque les choses ne vont pas à ta guise. Tu es tellement important que tu crois normal d'être contrarié par tout. Peut-être crois-tu que c'est le signe d'une forte personnalité. C'est absurde! Tu es faible, tu es vaniteux. »

Malgré mes protestations il n'en démordit pas. Il me fit remarquer qu'au cours de ma vie je n'avais rien achevé à cause du sentiment d'extrême importance dont je m'affublais.

La certitude avec laquelle il plaçait ses coups me sidérait. Bien sûr, il avait raison; c'est d'ailleurs ce qui m'irritait jusqu'à la colère et m'inquiétait parce que je me sentais menacé.

« La propre-importance est aussi une chose à laisser tomber, tout comme la propre-histoire », dit-il avec emphase.

En aucun cas je ne désirais aborder ce genre d'argument; mon désavantage s'avérait par trop considérable. Il ne se déciderait pas à revenir chez lui tant que je ne serais pas prêt, et j'ignorais tout du chemin de retour. Il fallait que je reste en sa compagnie.

Soudain il fit un mouvement étrange. Il reniflait l'air tout autour de lui et sa tête oscillait à un rythme presque imperceptible. Il semblait dans un état de vigilance inhabituel. Il se tourna vers moi et me regarda d'un air ahuri et investigateur. Ses yeux balayaient mon corps de haut en bas comme à la recherche de quelque chose en particulier. Tout d'un coup il se leva et d'un pas rapide s'en alla. Il courait presque; je le suivis. Cette marche effrénée se prolongea au moins pendant une heure.

Enfin il s'arrêta pour s'asseoir près d'une

colline rocheuse à l'ombre de quelques buissons. Cette course m'avait vidé, mais je me sentais mieux. Le changement était d'ailleurs surprenant; j'exultai presque alors qu'au moment de me mettre à courir j'étais furieux contre lui.

« Curieux quand même, dis-je, mais je me sens en forme. »

Au loin croassa un corbeau. Don Juan leva un doigt à son oreille gauche et eut un sourire.

« C'était un présage. »

Un caillou roula au flanc de la colline et en arrivant dans les broussailles produisit un froissement sec. Il éclata de rire et du doigt désigna l'endroit d'où venait le bruit.

« Et ça, c'était un accord », précisa-t-il.

Il me demanda si j'étais prêt à parler de ma propre-importance. Un rire me secoua, ma colère semblait si lointaine, je ne savais plus comment il avait réussi à tant m'irriter.

« Je ne comprends pas ce qui m'arrive, dis-je. Je me suis mis en colère et maintenant j'ignore comment elle a disparu.

— Autour de nous le monde est extrêmement mystérieux, déclara-t-il. Il ne livre pas facilement ses secrets. »

Ses déclarations m'enchantaient, elles étaient provocantes et impénétrables. Je n'arrivais pas à savoir si elles contenaient une signification cachée ou si elles n'étaient que de parfaites absurdités.

« Si jamais tu reviens dans ce désert, me dit-il, n'approche pas de la colline rocheuse où nous avons fait étape. Évite-la comme la peste.

— Pourquoi ? Pour quelle raison ?

— Ce n'est pas le moment d'expliquer pourquoi, ce que nous disions c'est qu'il faut perdre sa propre-importance. Aussi longtemps que tu croiras que tu es la plus importante des choses de ce monde tu ne pourras pas réellement apprécier le monde qui t'entoure. Tu seras comme un cheval avec des œillères, tu ne verras que toi séparé de tout le reste. »

Il m'examina.

« Je vais parler à ma petite amie », dit-il en désignant du doigt une petite plante.

Il s'agenouilla devant la plante et tout en la caressant lui parla. Au début je ne compris pas ce qu'il lui disait, mais il poursuivit en espagnol. Pendant un certain temps il balbutia des inepties, puis il se leva.

« Ce que tu lui racontes importe peu. Tu peux tout aussi bien fabriquer des mots. Ce qui est important est la sensation d'amour que tu lui portes, tu dois la traiter d'égal à égal. »

Il expliqua qu'en récoltant des plantes il faut chaque fois s'excuser avant de les cueillir et leur affirmer qu'un jour notre propre corps leur servira de nourriture.

« Ainsi, l'un dans l'autre, la plante et l'homme sont quittes. Ni lui ni elle ne sont plus importants.

« Vas-y, parle à la petite plante, me pressa- t-il. Dis-lui que tu ne te sens plus important du tout. »

Je m'agenouillai devant la plante, mais je ne parvins pas à sortir un seul mot. Je me sentais ridicule et le rire me gagna. Cependant je n'éprouvai aucune colère.

Don Juan me tapota le dos et me dit que tout allait bien puisque j'avais réussi à dominer mon humeur.

« Parle de temps à autre aux plantes, continua-t-il. Parle-leur jusqu'à ce que tu perdes toute sensation d'importance. Parle-leur jusqu'à ce que tu arrives à le faire en présence d'autres hommes.

« Va dans les collines et entraîne-toi seul. »

Je voulus savoir s'il suffisait de parler silencieusement aux plantes. Il éclata de rire et me tapa légèrement sur la tête.

« Non ! Tu dois leur parler à haute et intelligible voix si tu as envie qu'elles te répondent. »

Je me dirigeai vers l'endroit désigné tout en riant au fond de moi à cause de ses excentricités. Je tentai même de parler aux plantes mais le ridicule de la situation me dominait.

Après une attente que je jugeai suffisante je revins vers don Juan, certain qu'il savait que je n'avais pas parlé aux plantes.

Il ne me regarda pas et d'un signe me fit asseoir à côté de lui.

«Regarde-moi bien. Je vais discuter avec ma petite amie. »

Il s'agenouilla devant une petite plante et pendant quelques minutes s'agita et se contorsionna tout en parlant et riant.

Je crus qu'il était cinglé.

«Cette petite plante me charge de te dire qu'elle est bonne à manger, annonça-t-il en se relevant. Elle dit qu'une poignée suffit à assurer la santé d'un homme. Elle m'a aussi révélé qu'il y en avait un tas qui pousse là-bas. »

Il désigna une zone à flanc de colline, deux cents mètres plus loin.

«Allons-y nous verrons bien », continua-t-il.

Ses clowneries m'obligèrent à rire. J'étais persuadé que nous allions trouver les plantes puisqu'il connaissait ce terrain à la perfection et savait où trouver toutes les plantes comestibles et médicinales.

Tout en marchant il m'informa que je devais bien me souvenir de cette plante car elle était bonne à manger et aussi un excellent remède.

Mi-figue, mi-raisin, je lui demandai si la plante venait de lui apprendre tout cela. Il s'arrêta, me regarda et pour exprimer son incrédulité, balança la tête de droite à gauche.

«Ah ! s'exclama-t-il en riant. Ton intelligence te rend plus bête que je ne l'aurais pensé. Comment la petite plante peut-elle m'apprendre ce que j'ai su ma vie tout entière ? »

Il précisa qu'il connaissait parfaitement toutes

les propriétés de cette plante particulière, et qu'elle lui avait seulement indiqué qu'il y en avait une touffe à l'endroit où nous allions ; elle lui avait aussi confié qu'elle ne voyait aucun inconvénient à ce qu'il me mette dans le secret.

En arrivant au flanc de la colline je découvris les plantes. J'allais me mettre à rire, mais il ne m'en laissa pas le temps car il voulut que je remercie ces plantes. Un atroce embarras me saisit. Je riais nerveusement et ne parvenais pas à me calmer.

Il eut un sourire bienveillant suivi d'une de ses énigmatiques déclarations, et pour me laisser le temps d'en extraire le sens il la répéta à trois ou quatre reprises :

« Autour de nous le monde est un mystère. Et les hommes ne valent pas mieux que n'importe quoi d'autre. Lorsqu'une plante est généreuse avec nous, il faut que nous la remerciions. Sinon il se peut qu'elle ne nous laisse pas partir. »

Son regard me donna des frissons dans le dos. Je me précipitai vers les plantes, m'agenouillai et à haute voix dis :

« Merci. »

Il fut secoué d'un rire volontairement saccadé.

Nous reprîmes la marche pendant une heure, puis il fit demi-tour. À un moment donné je traînais en arrière et il dut m'attendre. Il vérifia la position de mes doigts, ils n'étaient pas courbés. Il me pria fermement d'observer et de pratiquer les manières qu'il m'enseignait chaque fois que je marcherais avec lui dans le désert. Sinon il vaudrait mieux que je ne revienne plus jamais.

« Je ne peux pas t'attendre comme si tu étais un gosse. »

Cette remarque me plongea dans un embarras et une perplexité considérables. Comment se pouvait-il qu'un vieil homme comme lui marche mieux que moi ? Je me croyais fort, musclé, et il devait m'attendre, me laisser le temps de le rattraper.

Je courbai mes doigts, et, aussi curieux que cela puisse paraître, je n'eus aucune peine à le suivre dans sa foulée pourtant rapide.

J'exultais, je bouillonnais, tout naturellement heureux de déambuler avec cet étrange vieil Indien. Je me mis à parler, et à plusieurs reprises lui demandai de me montrer des peyotls. Il me regarda mais resta bouche cousue.

4

La mort est un conseiller

Mercredi 25 janvier 1961

« M'enseignerez-vous un jour la connaissance du peyotl ? »

Il ne me répondit pas, et comme bien d'autres fois il me dévisagea comme si j'étais fou à lier.

Chaque fois que j'avais mentionné le sujet, il fronçait les sourcils et hochait la tête, geste ni d'affirmation ni de négation mais plutôt de désespoir et d'incrédulité.

Brusquement il se leva. Nous étions assis par terre devant sa maison. D'un geste presque imperceptible du chef, il m'invita à le suivre.

Nous allâmes vers le sud, dans le désert de broussailles. À plusieurs reprises et sans cesser d'avancer il répéta qu'il me fallait devenir conscient de l'inutilité de ma propre-importance et de mon histoire personnelle. Se tournant vers moi il déclara soudain :

« Tes amis, ceux qui te connaissent depuis longtemps, tu dois les quitter au plus vite. »

Je pensai qu'il était fou, et que son insistance était stupide, mais je ne dis rien.

Après une longue marche nous fîmes un arrêt. J'allais m'asseoir pour me reposer lorsqu'il m'ordonna de m'avancer vingt mètres plus loin et là de parler à haute et intelligible voix à un bouquet de plantes. Je me sentis plein d'appréhension et de malaise. Cette étrange demande dépassait ce que je pouvais supporter, aussi lui déclarai-je que je n'arrivais pas à parler aux plantes, que je me sentais ridicule. Il remarqua que le sentiment de ma propre-importance demeurait vraiment incroyable. Il sembla avoir pris une soudaine décision, car il déclara que tant que je ne me sentirais pas à l'aise je ne devrais pas tenter de le faire, parler aux plantes devait être très naturel.

« Tu veux apprendre ce qui les concerne, et néanmoins tu ne veux faire aucun effort, m'accusa-t-il. Que veux-tu donc ? »

J'expliquai que je désirais des informations adéquates sur les plantes, ce pourquoi je lui avais demandé de devenir mon informateur, et proposé même rémunération pour son temps et sa peine.

« Vous devriez accepter l'argent, plaidai-je. Ainsi nous nous sentirions plus à l'aise. Je pourrais vous poser toutes les questions que je désire vous poser puisque vous travailleriez pour moi, et en échange je vous payerais. Qu'en pensez-vous ? »

Il me dévisagea dédaigneusement, et de sa bouche jaillit un son obscène qu'il produisit en soufflant fortement entre sa langue et sa lèvre pour les faire vibrer toutes deux.

«Voilà ce que j'en pense», et, me voyant saisi de surprise, il fut envahi d'un fou rire hystérique.

Il me fallait me rendre à l'évidence, il était difficile de discuter avec cet homme. Malgré son âge, il débordait de vie et révélait une force incroyable. J'avais cru que son âge même en ferait un parfait informateur. Les vieillards, trop faibles pour faire autre chose que parler, devaient être selon moi les meilleurs informateurs. Lui, cependant, se révélait un piètre auxiliaire. D'ailleurs il devenait intolérable et dangereux. L'ami qui nous avait réunis s'était montré bon juge, il s'agissait d'un vieil Indien excentrique et, bien qu'il ne fût pas bourré à mort la plupart du temps, il était fou à lier, chose pire encore. Ce terrible doute et cette appréhension n'avaient rien de nouveau, mais ils resurgissaient alors même que je croyais les avoir dominés, car je n'avais pas eu de peine à me convaincre de mon désir de le revoir. Étais-je moi aussi un peu cinglé puisque j'appréciais sa compagnie? Son idée que le sentiment que j'avais de ma propre-importance constituait un obstacle majeur m'avait fortement frappé. Cependant tout cela ne me semblait qu'un exercice intellectuel de ma part, puisque dès l'instant où je retrouvais sa bizarre façon d'agir je plongeais à nouveau dans un gouffre d'appréhension ; et alors je n'éprouvais plus qu'un seul besoin, m'enfuir.

J'avançai l'idée que le fait d'être tellement différents nous interdisait toute possibilité d'entente.

« L'un de nous deux doit changer, dit-il en gardant les yeux au sol. Et tu sais pertinemment qui. »

Il se mit à fredonner un air populaire mexicain, et soudain releva la tête pour me regarder. Ses yeux étaient pleins de feu et de violence. Je voulus tourner la tête ou baisser les paupières, mais à mon extrême surprise je n'arrivais pas à me détacher de son regard.

Il me demanda de lui dire ce que j'avais vu dans ses yeux. Je répondis que je n'avais rien vu, mais il insista sur la nécessité d'exprimer ce que ce regard suscitait en moi. Ce fut délicat de lui faire comprendre que ses yeux n'avaient fait qu'augmenter mon embarras et que son regard me mettait mal à l'aise.

Il ne se contenta pas d'une telle réponse, son regard demeurait inchangé. Il ne s'agissait pas d'un regard franchement méchant ou menaçant, mais plutôt d'un regard mystérieux et déplaisant. De toute façon je supportais mal que l'on me regarde droit dans les yeux.

Il voulut savoir s'il n'évoquait pas pour moi un oiseau.

«Un oiseau», m'exclamai-je.

Il pouffa de rire à la manière d'un enfant et me libéra de son regard.

«Oui, dit-il avec douceur. Un oiseau, un très drôle d'oiseau.»

Tout en m'ordonnant de tenter de me souvenir il me fixa à nouveau. Avec une extraordinaire insistance il déclara qu'il «savait» que j'avais déjà vu ce regard.

Le vieux me provoquait; je le savais, car chaque fois qu'il ouvrait la bouche c'était pour contrer mon sincère désir d'honnêteté. Je lui jetai un coup d'œil plutôt hostile. Au lieu de s'irriter il éclata de rire. Il claqua de la main sur ses cuisses et hurla comme s'il montait un cheval sauvage. Enfin il reprit son sérieux et déclara qu'il devenait extrêmement important de ne pas m'opposer à son action et de me souvenir de ce curieux oiseau.

«Regarde dans mes yeux», précisa-t-il.

Il en émanait une intensité extraordinaire mêlée de quelque chose que je sentais avoir déjà vu sans toutefois pouvoir le définir. Je réfléchis, et soudain je sus : ce n'étaient ni la forme des yeux ni celle de sa tête mais la froide audace du regard qui me rappelait celui d'un faucon. À l'instant même de cette découverte il me regardait de biais, et je connus un bref moment de chaos. Je crus avoir réellement vu un faucon à sa place. L'image fut instantanée, et trop irrité je n'y prêtai que peu d'attention.

Bouleversé, je déclarai que j'avais aperçu en un éclair une tête de faucon à la place de la sienne. Il eut une nouvelle crise de rire.

Je connais bien le regard des faucons. Enfant, je les chassais avec l'approbation et l'encouragement de mon grand-père qui, éleveur de poules, les considérait comme des ennemis personnels. Les tirer n'était pas simplement normal, mais surtout «bon». Et jusqu'à ce moment j'avais oublié que des années durant leur regard audacieux m'avait hanté. Il s'agissait d'un souvenir enfoui si loin dans le passé qu'il s'y était perdu.

«Autrefois, je chassais les faucons, dis-je.

— Je sais», répondit-il tout naturellement.

Son ton d'absolue certitude me fit rire. Je retrouvais là son habituelle absurdité. Il allait jusqu'à prétendre qu'il savait parfaitement ce que la chasse aux faucons avait été pour moi. Il m'écœurait.

«Pourquoi te mettre dans une telle colère?» demanda-t-il avec un intérêt sincère.

Je n'en savais rien. Il procéda selon sa méthode habituelle d'investigation. Il me demanda de le regarder et de lui dire ce que me rappelait ce «curieux oiseau». Je refusai et déclarai avec mépris que je n'avais rien à dire. Mais aussitôt j'éprouvai le besoin irrésistible de lui demander comment il savait que j'avais chassé les faucons. Au lieu de me répondre il recommença à critiquer mon attitude. Selon lui, j'étais un bonhomme violent susceptible de «montrer les dents» à la moindre occasion. Je m'insurgeai; au contraire je pensais être plutôt sympathique et facile à vivre, et c'est à lui qu'incombait la responsabilité d'avoir suscité ma colère par ses mots et ses actes imprévisibles.

«Pourquoi la colère?»

Je me repris. Je n'avais vraiment pas la moindre raison d'être en colère contre lui.

À nouveau il voulut que je le regarde dans les yeux pour lui raconter quelque chose sur cet «étrange faucon». Il venait de changer d'expression puisque jusqu'à présent il avait toujours parlé de «très drôle d'oiseau». Ce changement affecta mon humeur, tout d'un coup la tristesse m'envahit.

Il ferma ses paupières pour ne laisser ouvertes que deux minces fentes, et d'un ton théâtral déclara qu'il «voyait» un très étrange faucon. Par trois fois il répéta la même chose, comme s'il voyait effectivement un faucon devant lui.

«Ne t'en souviens-tu pas?»

Cela n'éveillait aucun souvenir en moi.

«Qu'y a-t-il donc de si étrange avec ce faucon? demandai-je.

— C'est toi qui dois me le dire», répliqua-t-il.

Je n'avais pas la moindre idée de ce dont il parlait; comment aurais-je pu lui répondre?

«Ne te bats pas contre moi. Combats ta mollesse, et souviens-toi.»

De tout mon cœur je tentai de savoir où il voulait en venir, mais je n'eus même pas l'idée de chercher à me souvenir d'un événement du passé qui aurait été lié à sa question.

« Une fois, tu as vu beaucoup d'oiseaux », intervint-il comme pour me proposer une piste.

Je lui expliquai que j'avais passé mon enfance dans une ferme et chassé des centaines d'oiseaux. Il répliqua que, dans ce cas, je ne devais pas avoir de peine à me souvenir de tous les drôles d'oiseaux que je chassais.

De son regard fixé sur moi émanait une sorte d'interrogation, comme s'il venait de me livrer la dernière pièce de puzzle.

« J'en ai chassé tellement qu'il m'est impossible de me souvenir de quelque chose en particulier.

— Cet oiseau est très particulier, dit-il dans un murmure. Cet oiseau est un faucon. »

À nouveau je m'efforçai de découvrir où il voulait en venir. Se moquait-il de moi ? Pouvait-il être sérieux ? Un long moment s'écoula, puis il insista une fois de plus. Je devais tenter de me rappeler. Il s'avérait inutile de s'opposer à son jeu, alors autant s'y prêter.

« S'agit-il d'un faucon que j'aurais chassé ?

— Oui, laissa-t-il tomber dans un murmure, en gardant les yeux clos.

— Donc c'était au cours de mon enfance ?

— Oui.

68

— Mais vous dites que vous voyez un faucon devant vous.

— Oui. Je le vois.

— Que voulez-vous donc me faire ?

— J'essaie de te faire souvenir.

— Mais de quoi, nom d'un chien ?

— D'un faucon rapide comme l'éclair », répondit-il en me regardant droit dans les yeux. Je sentis mon cœur s'arrêter.

« Maintenant, regarde-moi. »

Mais je n'en fis rien. Sa voix me parvenait très assourdie. Un prodigieux souvenir s'emparait de moi : le faucon blanc !

Tout commença le lendemain du jour où mon grand-père compta ses poulets, des poulets au plumage blanc. De manière déconcertante et régulière il en disparaissait. Il établit une surveillance attentive et après bien des jours d'observation soutenue il vit enfin un immense oiseau blanc s'envoler avec un petit poulet dans ses serres. C'était un oiseau rapide et qui apparemment connaissait son chemin. Il s'était glissé entre les arbres, avait saisi un poulet et s'enfuyait par un passage entre deux branches, tout cela si rapidement que mon grand-père avait à peine pu le voir ; mais je l'avais bien suivi des yeux et sans l'ombre d'un doute je savais qu'il s'agissait d'un faucon. Dans ce cas, précisa mon grand-père, il s'agissait d'un faucon blanc.

Nous partîmes en campagne contre ce faucon albinos, et par deux fois je crus l'avoir. Il dut abandonner sa proie mais réussit à m'échapper. Il volait trop rapidement pour moi. Il devait être intelligent puisqu'il ne revint plus jamais.

Si mon grand-père ne m'avait pas poussé à le chasser, j'aurais certainement oublié cet oiseau. Pendant deux mois je le poursuivis partout dans la vallée où nous habitions. Ainsi j'appris à connaître toutes ses habitudes, et presque intuitivement j'en arrivai à deviner son itinéraire de vol. Malgré tout il me surprenait chaque fois par la soudaineté de sa présence et la célérité de son vol. À chacune de nos rencontres je pouvais me vanter de l'avoir empêché de saisir sa proie, mais jamais je ne réussis à l'attraper.

Au cours des deux mois de cette chasse curieuse, je ne fus vraiment proche du faucon albinos qu'une seule fois. L'ayant poursuivi toute la journée, je m'allongeai sous un eucalyptus pour me reposer, et je m'endormis. Soudain le cri d'un faucon me réveilla. Je vis un oiseau blanc perché au sommet de l'arbre, notre faucon blanc. La chasse prenait fin. Il allait être difficile de tirer, car j'étais couché sur le dos et l'oiseau regardait dans la direction opposée. Il y eut un souffle de vent, j'en profitai pour lever ma carabine. Je voulais attendre le moment où il se retournerait ou celui où il s'envolerait. Mais il restait immobile. Pour avoir un meilleur angle de tir j'aurais dû me déplacer, mais vu la rapidité de cet oiseau il valait mieux ne pas bouger et attendre le moment favorable.

C'est ce que je fis. Cela dura longtemps, très longtemps. Que se passa-t-il? Peut-être cette interminable attente influa-t-elle sur moi. Ou alors ce fut l'isolement de l'endroit, le fait d'être seul avec l'oiseau, mais à un moment donné un frisson parcourut mon échine et sans même réfléchir je me levai et partis. Je ne me souciai pas de savoir si le faucon s'envolait, je ne le regardai pas.

Jamais je n'avais attaché une importance quelconque à cet événement, et pourtant ne pas avoir tiré cet oiseau était de ma part un acte étrange. J'avais tiré des dizaines de faucons; à la ferme de mon grand-père chasser les oiseaux ou n'importe quel animal était chose courante.

Don Juan demeura attentif pendant tout mon récit. Je lui demandai :

«Comment connaissez-vous cette histoire du faucon blanc?

— Je l'ai vue.

— Où donc?

— Là, juste devant toi.»

Je n'avais plus aucune envie de discuter.

«Que signifie tout cela, don Juan?

— Un oiseau tel que celui-là constituait un présage, dit-il, et ne pas l'avoir tiré a été la seule et la meilleure chose à faire.

«Ta mort t'a donné un petit avertissement, continua-t-il d'un air mystérieux. Elle se signale toujours par un frisson.

— De quoi parlez-vous ? » dis-je nerveusement.

Ses effrayantes déclarations me mettaient les
nerfs à fleur de peau.

« Tu connais bien les oiseaux. Tu en as trop
tué. Tu sais aussi attendre. Pendant des heures
tu as attendu. Je sais cela. Je le vois. »

Un émoi considérable m'agita. Ce qui m'ennuyait le plus était, pensai-je, sa constante certitude. Je ne pouvais absolument pas supporter sa
sûreté dogmatique lorsqu'il évoquait ma propre
vie, surtout à propos d'aspects dont moi-même je
n'étais pas certain. Cela me préoccupait tant que
je ne le vis pas se pencher vers moi, si ce n'est au
moment où il murmura à mon oreille quelque
chose que je ne compris pas. Il répéta. Il me
demandait de me retourner sans me presser, tout
naturellement, et d'observer un rocher à ma
gauche. Il ajouta que ma mort s'y trouvait, qu'elle
me regardait, et que si à son signe je me tournais
je serais peut-être capable de l'apercevoir.

Des yeux il me fit le signal. Je me retournai et
crus voir, en un éclair, quelque chose sur le
rocher. Un frisson secoua mon corps tout entier.
Une contraction involontaire tordit les muscles
de mon abdomen, et une décharge, un spasme,
me traversa. Un moment plus tard je repris mon
calme. Pour m'expliquer le fait d'avoir aperçu
une ombre le temps d'un éclair, je me dis que
j'avais été victime d'une illusion d'optique due
au brusque mouvement de ma tête.

« La mort est notre éternel compagnon, déclara don Juan avec un sérieux évident. Elle est toujours à notre gauche, à une longueur de bras. Pendant que tu observais le faucon, elle te regardait, elle murmurait à ton oreille, et exactement comme maintenant tu as éprouvé un frisson. Elle t'a observé, ainsi en sera-t-il jusqu'au jour où elle te touchera. »

Il étendit le bras, me toucha légèrement à l'épaule et au même instant émit un claquement de langue. Le résultat fut foudroyant, je fus pris d'une envie de vomir.

« Tu es ce garçon qui traquait le gibier et patiemment attendait. Tout comme la mort. Tu sais bien qu'elle est là, à ta gauche, exactement comme tu étais à gauche du faucon blanc. »

Ses mots, par leur étrange puissance, me plongèrent dans une terreur incontrôlable ; je n'avais pas d'autre défense que de m'obliger à écrire tout ce qu'il disait.

« Comment peut-on se sentir tellement important quand on sait que la mort nous traque ? » dit-il.

Sa question ne réclamait pas ma réponse, je le sentais, et de toute façon jamais je n'aurais pu desserrer mes dents.

« Lorsque tu t'impatientes, tourne-toi simplement vers ta gauche et demande un conseil à la mort. Tout ce qui n'est que mesquineries s'oublie à l'instant où la mort s'avance vers toi, ou quand tu l'aperçois d'un coup d'œil, ou seulement quand tu as l'impression que ce compagnon est là, t'observant sans cesse. »

Il se pencha à nouveau vers moi pour me confier à mi-voix que si je me tournais à son signal je pourrais une fois encore voir ma mort sur le rocher.

Des yeux il lança un signe presque imperceptible, mais je n'osai bouger.

Je lui lâchai d'un trait que je croyais sans peine tout ce qu'il avançait, et qu'il n'avait pas besoin d'insister car j'étais terrifié. Un rire tonitruant jaillit du tréfonds de son ventre.

« Tu es bourré de saloperies ! s'exclama-t-il. La mort est le seul conseiller valable que nous ayons. Chaque fois que tu crois — et pour toi c'est permanent — que tout va mal et que tu vas être détruit, alors tourne-toi vers ta mort et demande-lui si tu as raison. Ta mort te dira que tu as tort, que rien n'est important à l'exception de son contact. Et ta mort ajoutera : je ne t'ai pas encore touché. »

Il secoua sa tête, il semblait attendre une réponse. Elle ne vint pas. Mes pensées volaient à ras de terre. Il venait de porter un coup sérieux à mon amour-propre. À la lumière de ma mort, être ennuyé par sa présence apparaissait comme une monstrueuse petitesse de ma part.

Je sentais qu'il était parfaitement conscient de mon changement d'humeur. Il avait tourné le vent en sa faveur. Il sourit et se mit à fredonner un air mexicain.

« Oui, dit-il après un long silence, l'un de nous deux doit changer, et très vite. L'un de nous deux doit apprendre que la mort est le chasseur, et qu'elle est toujours à sa gauche. L'un de nous deux doit demander à la mort de le conseiller et laisser tomber toutes les mesquineries courantes des hommes qui vivent leur vie comme si la mort n'allait jamais les toucher. »

Une heure s'écoula en silence, puis nous reprîmes notre marche. Nous déambulâmes pendant plusieurs heures dans le désert. Je ne le questionnai pas sur la raison de cette errance, elle importait peu. D'une certaine manière il m'avait permis de retrouver une sensation de mon passé, quelque chose de presque totalement oublié : le simple plaisir d'errer sans y attacher un quelconque but intellectuel.

J'aurais bien voulu qu'il me laisse jeter un coup d'œil sur ce que j'avais entrevu perché sur le rocher.

« Laissez-moi voir cette ombre une fois de plus.

— C'est de ta mort que tu parles, n'est-ce pas ? » répondit-il avec une nuance d'ironie dans la voix.

Pendant un instant je n'osai dire le mot.

« Oui. Laissez-moi voir ma mort une fois de plus.

— Pas maintenant, tu es trop solide.

— Qu'est-ce à dire ? »

Il se mit à rire, et pour une raison inconnue

son rire avait perdu ce caractère agressif et insidieux qui m'avait tant irrité peu auparavant. Ce rire ne différait vraiment pas de l'autre que ce soit par le son, l'intensité, ou la nature. La nouveauté, c'était mon humeur. Le fait de considérer l'imminence de ma mort rendait absurdes mes peurs et mes soucis.

« Alors laissez-moi parler aux plantes », proposai-je.

Il éclata de rire.

« Maintenant tu es trop décidé. Tu vas d'un extrême à l'autre. Calme-toi. Sauf si tu veux savoir leurs secrets il est inutile de parler aux plantes, et pour cela tu dois faire preuve de l'intention la plus inflexible. Économise tes bonnes résolutions. D'ailleurs tu n'as pas besoin de voir ta mort. Il suffit que tu sentes sa présence autour de toi. »

5

Assumer une totale responsabilité

Mardi 11 avril 1961

J'arrivai chez don Juan tôt le dimanche matin 9 avril.

« Bonjour, don Juan, vous revoir me fait bien plaisir. »

Il me regarda et rit aux anges. Venu à ma rencontre pendant que je garais ma voiture, il en maintenait la porte ouverte tandis que j'en sortais les provisions achetées pour lui.

Lentement nous allâmes à sa maison, puis nous nous assîmes à côté de la porte.

C'était la première fois que j'arrivais chez lui en sachant pertinemment ce que je venais y faire. Avant de revenir sur le « terrain » j'avais attendu impatiemment pendant trois mois. Un peu comme si une bombe à retardement placée dans ma tête avait explosé, je m'étais soudain souvenu de quelque chose de transcendantal : une fois dans ma vie j'avais été extrêmement patient et remarquablement efficace.

Avant qu'il n'ait eu la chance d'ouvrir la bouche, je lui lançai la question qui me tourmentait. Trois mois durant le souvenir du faucon blanc m'avait obsédé. Mais comment connaissait-il l'existence de cet oiseau alors que je l'avais moi-même oubliée?

Il se mit à rire mais ne répondit pas. Je le priai de satisfaire ma curiosité.

« Ça n'est rien, dit-il avec son habituelle assurance. N'importe qui pourrait te dire que tu es un petit peu étrange. Tu es simplement engourdi, c'est tout. »

Une fois de plus j'eus l'impression qu'il me désarçonnait et me repoussait dans un coin où je n'avais aucune envie d'aller.

« Est-il possible de voir sa mort? demandai-je afin de reprendre les rênes en main.

— Bien sûr, dit-il en riant. Elle est là, avec nous.

— Comment le savez-vous?

— Je suis un vieil homme et avec l'âge on apprend toutes sortes de choses.

— Je connais des tas de personnes âgées, mais jamais elles n'ont appris cela. Alors, pourquoi vous?

— Eh bien, disons que je connais toutes sortes de choses parce que je n'ai pas d'histoire personnelle; et parce que je ne me sens pas plus important que n'importe quoi d'autre; et parce que ma mort est assise avec moi, là. »

Il tendit son bras gauche et bougea des doigts comme s'il caressait quelque chose.

Je ris. Maintenant je savais où il m'entraînait. Une fois de plus le vieux malin allait m'assener un coup, sans doute à propos de ma propre importance ; mais je ne lui en voulais pas. Savoir que j'avais autrefois possédé une remarquable patience me remplissait d'une étrange et douce euphorie qui fondait mes sensations de nervosité et d'hostilité envers don Juan pour faire place à une impression d'émerveillement illimité à l'égard de ses actes.

« Sincèrement, qui êtes-vous ? » demandai-je.

Il sembla surpris. Ses yeux s'agrandirent énormément et il les cligna à la façon d'un oiseau, c'est-à-dire en fermant ses paupières jusqu'à ne laisser qu'une étroite fente ouverte ; puis elles descendirent, remontèrent sans que son regard change. Je sursautai et reculai. Il éclata de rire avec l'aisance et l'abandon d'un enfant.

« Pour toi je reste Juan Matus, à ton service », dit-il avec une politesse excessive.

Je ne pus m'empêcher de poser mon autre question.

« Lors de notre première rencontre, que m'avez-vous fait ? »

Je faisais allusion à ce surprenant regard par lequel il m'avait subjugué.

« Moi ? Rien du tout », répondit-il d'un ton de parfaite innocence.

Je lui décrivis ce que j'avais ressenti alors et

combien la sensation d'avoir la bouche cousue par ce regard m'avait paru étrange.

Il rit tant que des larmes roulèrent sur ses joues. À nouveau je m'insurgeai car je croyais être sérieux et attentif alors qu'avec ses manières rudes il s'avérait tellement « indien ». Il saisit sans doute mon changement d'humeur, car d'un seul coup il cessa de rire.

Après de longues hésitations je lui confiai l'irritation que son rire m'avait donnée pendant que je m'efforçais sérieusement de comprendre ce qui m'arrivait.

« Il n'y a rien à comprendre », rétorqua-t-il.

Je me lançai dans une récapitulation de tout ce qui, depuis notre première rencontre, semblait pour le moins inhabituel ; du regard mystérieux posé sur moi en passant par l'évocation du faucon albinos jusqu'à voir cette ombre sur le rocher où il avait prétendu voir ma mort.

« Pourquoi me faites-vous tout cela ? » dis-je sans la moindre agressivité. J'étais seulement curieux de savoir ce qui me valait d'être le sujet de ces événements.

« Tu m'as demandé de t'enseigner ce que je sais des plantes, dit-il d'un ton sarcastique, un peu comme s'il se moquait de moi.

— Mais rien de ce que vous m'avez dit ne concerne les plantes. »

Il répondit que ce genre d'étude prenait beaucoup de temps.

Il était inutile de discuter avec lui, j'en restais

convaincu et l'imbécillité des décisions absurdes que j'avais prises me frappa. Chez moi j'avais décidé de ne jamais perdre mon sang-froid, de ne jamais m'emporter contre don Juan. En fait, dès l'instant où il me contredit je fus profondément irrité, et c'est cette impression de ne pas pouvoir réagir autrement qui me poussait à la colère.

« Pense à ta mort, intervint-il soudainement. Elle est à une longueur de bras. Elle peut te toucher à n'importe quel moment. Ainsi tu n'as vraiment pas de temps pour ces humeurs et ces pensées morveuses. Aucun de nous n'a de temps pour cela.

« Tu veux savoir ce que je t'ai fait lors de notre première rencontre ? Je t'ai *vu* et j'ai *vu* que tu pensais que tu mentais. Mais tu ne mentais pas, pas vraiment. »

Ses explications, dus-je lui avouer, me troublaient encore plus. Il répliqua que c'était la raison pour laquelle il ne désirait pas expliquer ses actions ; d'ailleurs les explications ne servaient à rien, seule comptait l'action, il fallait agir au lieu de parler.

Il déroula une natte de paille et s'allongea en posant un ballot sous sa tête en guise d'oreiller. Il s'installa confortablement et m'annonça que si je voulais vraiment apprendre ce qui touche aux plantes, il me fallait accomplir quelque chose de plus.

« Ce qui chez toi n'allait pas lorsque je t'ai *vu*,

et ce qui maintenant ne va pas, est que tu n'aimes pas prendre la responsabilité de ce que tu fais», dit-il avec lenteur, comme pour me laisser le temps d'assimiler ses paroles.

«À la gare routière, pendant que tu me racontais tous ces bobards, tu savais parfaitement que tu mentais. Alors, pourquoi?»

Je lui rappelai que mon but avait été de trouver un «informateur de premier ordre» pour mon travail.

Il eut un sourire et se mit à fredonner un air mexicain.

«Lorsqu'un homme décide d'entreprendre quelque chose, il doit s'y engager jusqu'au bout, mais il doit avoir la pleine responsabilité de ce qu'il fait. Peu importe ce qu'il fait, il doit en tout premier lieu savoir pourquoi il le fait, et ensuite il lui faut accomplir ce que cela suppose sans jamais avoir le moindre doute, sans le moindre remords.»

Il me dévisageait. Je ne savais que dire. Enfin j'avançai une opinion, plutôt une protestation.

«C'est impossible, absolument impossible.»

Il voulut savoir pourquoi. Je répondis qu'idéalement c'était peut-être ce que tout homme pensait faire, mais qu'en pratique aucun moyen ne permettait d'éviter les doutes et les remords.

«Bien sûr qu'il en existe un, rétorqua-t-il avec cette conviction qui lui était particulière.

«Considère mon cas personnel, je n'éprouve ni doutes ni remords. Tout ce que j'accomplis,

je le décide et j'en prends l'entière responsabilité. La plus simple des choses que j'entre-
prends, par exemple t'emmener pour une
marche dans le désert, peut parfaitement signifier ma mort. La mort me traque. Par conséquent je n'ai ni le temps du doute ni celui du
remords. Si je dois mourir parce que je t'ai
conduit dans le désert, alors, que je meure. Toi,
à l'opposé, tu as l'impression d'être immortel, et
les décisions d'un immortel peuvent s'annuler,
être regrettées, faire l'objet du doute. Mon ami,
dans un monde où la mort est un chasseur il n'y
a de temps ni pour regret ni pour doute. Il y a
seulement le temps de décider. »

En toute sincérité, je déclarai qu'à mon avis
tout cela constituait un monde irréel puisqu'il
n'existait qu'arbitrairement lorsqu'on adoptait
une conduite idéale, tout en proclamant qu'il
s'agissait de la seule direction à suivre.

Je citai mon père comme exemple. Sans cesse
il me sermonnait sur les vertus d'un esprit sain
dans un corps sain, et ajoutait que les jeunes
garçons devaient endurcir leur corps en s'adon-
nant au travail et aux sports de compétition.
Alors que j'avais huit ans il était encore un jeune
homme de vingt-sept ans, et l'été il quittait la
ville où il enseignait pour venir à la campagne,
chez mon grand-père avec qui je vivais. Ce mois
était pour moi un cauchemar. Voici une attitude
de mon père qui illustre bien mon point de vue.

Dès son arrivée, il insistait pour que nous

allions faire une longue marche côte à côte pendant laquelle il décidait de notre programme journalier pendant son séjour. Il débutait à six heures du matin par une séance de natation, et il fallait chaque soir mettre l'aiguille du réveil sur cinq heures et demie car à six heures sonnantes nous devions être dans l'eau. Le matin, il sautait du lit, mettait ses lunettes, allait à la fenêtre observer le temps.

Son monologue m'est resté en mémoire.

« Hum... Un peu nuageux aujourd'hui. Voyons, je vais m'allonger cinq minutes de plus. D'accord ! Cinq, pas une de plus. Seulement le temps de m'étirer pour me réveiller parfaitement. »

Et chaque fois, immanquablement, il se rendormait jusqu'à dix heures, parfois même jusqu'à midi.

Ce qui m'irritait surtout était son refus d'abandonner ses résolutions visiblement fantaisistes. Et chaque matin le rituel se répétait jusqu'au jour où, en refusant de remonter le réveille-matin, je le vexai profondément.

« Ses résolutions n'avaient rien de fantaisiste, dit don Juan. Il ne savait pas comment sortir de son lit, c'est tout.

— Quoi qu'il en soit, je me suis toujours méfié de ce genre de résolutions irréelles.

— Qu'est-ce donc qu'une résolution réelle, dis-moi ? répliqua-t-il avec un sourire narquois.

— Si mon père s'était enfin convaincu qu'il

ne devait pas décider de nager à six heures du matin, mais plutôt à trois heures de l'après-midi.

— Tes résolutions sont une insulte à l'esprit », dit-il avec le plus grand sérieux.

Dans sa voix je crus percevoir une certaine tristesse. Notre silence se prolongea longtemps. Le calme m'était revenu. Je pensais à mon père.

« Il ne voulait pas aller nager à trois heures de l'après-midi. Ne t'en rends-tu pas compte ? »

Ses mots me firent sursauter. Je répliquai que mon père était un homme faible, à l'image de son monde d'actes parfaits jamais accomplis. Je criai plus que je ne parlai.

Don Juan demeura silencieux. Il hocha la tête rythmiquement. La tristesse me submergea, comme chaque fois que je pensais à mon père.

« Tu penses que tu étais plus fort que lui, n'est-ce pas ? »

Je répondis par l'affirmative et je lui confiai les troubles émotionnels que m'avait causés mon père. Il m'interrompit :

« Ton père était-il méchant avec toi ?

— Non.

— Était-il mesquin ?

— Non.

— Faisait-il pour toi tout ce qu'il pouvait ?

— Oui.

— Alors, qu'est-ce qui n'allait pas avec lui ? »

À nouveau je criai qu'il était faible, mais je me repris et baissai la voix. L'interrogatoire de don Juan me semblait assez comique.

« Pourquoi tout cela ? intervins-je. Nous devions parler des plantes. »

Plus que jamais, je me sentis embarrassé et découragé. Je précisai qu'il n'avait ni le droit ni les qualifications requises pour juger de ma conduite. Il fut pris d'un de ses formidables rires issus, me semblait-il, de ses entrailles mêmes.

« Chaque fois que tu es en colère, tu te sens vertueux. Pas vrai ? » s'exclama-t-il en clignant les yeux à la façon d'un oiseau.

Il avait raison. Je croyais toujours ma colère justifiée.

« Ne parlons plus de mon père, dis-je en feignant de revenir à la bonne humeur. Parlons plutôt des plantes.

— Non. Parlons de ton père. C'est par là qu'il faut commencer. Si tu crois que tu étais plus fort que lui, pourquoi n'es-tu jamais allé nager à sa place, à six heures du matin ? »

Je lui déclarai que je ne pouvais prendre au sérieux sa proposition. Aller nager à six heures du matin avait été la lubie de mon père, pas la mienne.

« Dès l'instant où tu en avais accepté l'idée, c'était aussi la tienne », rétorqua-t-il sèchement.

Je dis que je n'avais jamais accepté cette idée, mais que j'avais toujours su mon père peu conséquent avec lui-même. Il voulut savoir pourquoi je n'avais jamais exprimé ma position de vive voix.

« On ne peut pas dire à son propre père de telles choses, dis-je en guise d'excuse.

— Et pourquoi pas ?

— Chez moi, jamais on ne l'aurait fait, c'est tout.

— Chez toi, tu as fait bien pire, déclara-t-il tel un juge au prétoire. La seule chose que tu n'as jamais entreprise, c'est de polir ton esprit. »

Ses mots possédaient une telle charge dévastatrice qu'ils s'incrustèrent profondément en moi. Toutes mes défenses s'en trouvèrent neutralisées. Je ne parvenais pas à discuter avec lui. Mon seul refuge était de prendre des notes.

Malgré cela j'osai me lancer dans une dernière explication, pourtant bien fragile. Ma vie durant, expliquai-je, j'avais rencontré des gens comme mon père, des gens qui comme lui m'entraînaient dans leurs projets ; et la plupart du temps ils m'avaient laissé tomber en route.

« Tu te plains, dit-il gentiment. Toute ta vie tu t'es plaint, cela parce que tu n'as jamais assumé l'entière responsabilité de tes décisions. Si tu t'étais chargé de l'idée de ton père, nager à six heures du matin, tu serais allé nager, seul au besoin. Ou sinon, tu lui aurais dit d'aller se faire pendre, dès la première fois puisque tu le connaissais si bien. Par conséquent tu es aussi faible que ton père.

« Prendre la responsabilité des décisions d'un autre, c'est être prêt à mourir pour elles.

— Un moment, un moment ! Vous renversez les rôles. »

Il ne me laissa pas terminer. J'aurais voulu lui dire que l'attitude de mon père m'avait servi d'exemple quant à une façon irréelle d'agir et que, dans ce cas particulier, pas une seule personne n'accepterait de mourir pour quelque chose d'aussi absurde.

« Peu importe la décision, reprit-il. Rien n'est plus sérieux ni moins sérieux que n'importe quoi d'autre. Ne t'en rends-tu pas compte ? Dans un monde où la mort est le chasseur, il n'y a ni grande ni petite décision. Il n'y a que des décisions prises devant notre inévitable mort. »

Je n'avais rien à dire. Une heure s'écoula. Bien que parfaitement éveillé don Juan reposait absolument immobile sur sa natte.

« Don Juan, pourquoi me dire tout cela ? Pourquoi me faites-vous subir tout cela ?

— Tu es venu vers moi, déclara-t-il. Non, ce n'est pas vrai, tu as été guidé vers moi. Et j'ai eu un geste envers toi.

— Je ne comprends pas.

— Tu aurais pu faire un geste envers ton père en allant nager pour lui, mais tu n'en as rien fait peut-être parce que tu étais trop jeune. Ma vie est plus longue que la tienne. Tout y a été mené à sa fin. Dans ma vie être pressé n'existe pas, donc je peux parfaitement accomplir un geste envers toi. »

L'après-midi nous allâmes marcher dans le désert. Je le suivis sans peine, et à nouveau ses prodigieuses capacités physiques m'émerveillèrent. Il marchait avec tellement d'aisance et de sûreté qu'à son côté j'avais l'impression d'être un petit enfant. Nous avancions vers l'est. Je me rendis compte qu'il n'aimait pas parler en marchant, et lorsque je le questionnais il s'arrêtait pour me répondre.

Deux heures plus tard nous arrivâmes au pied d'une butte.

Il s'assit et me fit signe de l'imiter. Puis d'un ton à la fois moqueur et dramatique il annonça qu'il allait me raconter une histoire.

Il était une fois, commença-t-il, un jeune homme, un Indien sans ressources, qui vivait chez les Blancs, dans une ville. Il n'avait ni maison, ni parents, ni amis. Il était venu à la ville chercher fortune, et n'y avait trouvé que peine et misère. En travaillant comme une mule il arrivait parfois à gagner un peu d'argent, à peine assez pour avoir de quoi manger ; sinon il lui fallait mendier ou voler sa nourriture.

Un jour ce jeune homme alla au marché. Hagard il arpentait la rue de haut en bas, affolé par toutes les bonnes choses étalées partout. Il était tellement excité qu'il ne regardait plus où il marchait ; ainsi il renversa des paniers et trébucha sur un vieillard.

Ce dernier portait quatre énormes gourdes, et il venait de s'asseoir pour se reposer et manger.

Avec un sourire de connivence don Juan précisa que le vieillard fut bien étonné de rencontrer le jeune homme de manière aussi fortuite, mais que ce dérangement ne l'irrita pas, car il était curieux de savoir pourquoi ce jeune homme avait trébuché sur lui. Le jeune homme, lui, éclata de colère et maugréa que le vieux n'aurait pas dû se trouver sur son chemin. La raison ultime de leur rencontre ne le concernait absolument pas, il ne pouvait même pas se rendre compte que leurs chemins venaient de se croiser.

Don Juan imita quelqu'un qui poursuit un objet roulant au sol. Puis il dit que sous l'effet du choc les gourdes du vieillard avaient roulé le long de la ruelle. En les voyant le jeune homme crut avoir enfin trouvé à manger. Il aida le vieillard et insista pour porter les gourdes. Le vieillard dit qu'il s'en allait chez lui dans les montagnes ; le jeune homme s'offrit pour l'accompagner ne fût-ce que sur une partie du chemin.

Le vieillard s'engagea dans le sentier qui conduisait vers les montagnes et tout en marchant partagea avec son compagnon une partie de la nourriture qu'il venait d'acheter au marché. Le jeune homme se remplit la panse, et une fois repu réalisa que ces gourdes semblaient vraiment lourdes. Il les tint solidement.

Don Juan ouvrit ses yeux tout grands et eut un sourire malicieux en racontant que le jeune homme demanda : « Que portez-vous donc dans ces gourdes ? » Le vieillard ne répondit pas, mais déclara qu'il allait lui donner la chance de rencontrer un compagnon ou un ami qui pourrait l'aider à adoucir ses misères et qui lui ferait acquérir la sagesse et la connaissance des choses du monde.

D'un geste majestueux des deux mains don Juan montra comment le vieillard fit venir le plus beau cerf qu'il fût jamais donné de voir au jeune homme. Ce cerf était si confiant qu'il s'approcha et tourna autour de lui. Il resplendissait. Le jeune homme fut subjugué, et comprit sur-le-champ qu'il s'agissait d'un « esprit-cerf ». Le vieillard lui confia que s'il désirait cet ami et sa sagesse il n'avait qu'à poser les gourdes.

Le visage de don Juan exprima l'ambition. Il dit que les mauvais désirs du jeune homme furent aiguillonnés par ces mots. Il posa la question du jeune homme tout en rétrécissant ses yeux qui laissèrent passer une lueur diabolique : « Qu'y a-t-il dans ces gourdes ? »

Don Juan dit que le vieillard répondit calmement qu'il les avait remplies avec la nourriture qu'il transportait, des graines de pin et de l'eau. Puis il interrompit son récit et à plusieurs reprises fit un cercle en marchant ; je ne compris pas ce que cela signifiait, c'était apparemment une partie de l'histoire. Le cercle semblait exprimer les délibérations silencieuses du jeune homme.

Bien sûr, reprit don Juan, le jeune homme n'en croyait pas un mot. Il réfléchit que si le vieillard, qui était manifestement un sage, était prêt à donner son « esprit-cerf » au lieu de ses gourdes, c'était bien parce que ces dernières contenaient un pouvoir incommensurable.

Il fit une grimace diabolique puis raconta que le jeune homme déclara vouloir les gourdes.

Un long silence suivit. Je crus l'histoire terminée. Don Juan se tenait coi, mais je sentais qu'il attendait ma question :

« Qu'est-il advenu de ce jeune homme ?

— Il a pris les gourdes », répondit-il avec un sourire satisfait.

À nouveau un long silence. Je me mis à rire. À mon avis, il s'agissait d'une vraie « histoire indienne ».

Les yeux de don Juan brillaient. Il me sourit. Un air d'innocence émanait de lui. Il eut quelques faibles éclats de rire, puis me demanda :

« N'as-tu pas envie de savoir ce qu'il y avait dans ces gourdes ?

— Évidemment. Je croyais l'histoire terminée.

— Oh non ! dit-il avec une lueur espiègle dans les yeux. Le jeune homme saisit les gourdes et partit en courant à la recherche d'un endroit isolé où les ouvrir.

— Que contenaient-elles ? »

Don Juan me lança un regard et j'eus l'impression qu'il savait ce que j'avais en tête. Il opina du chef et rit sous cape.

« Et alors, le pressai-je, étaient-elles vides ?

— Dans les gourdes il n'y avait que de l'eau et de la nourriture. Le jeune homme, aveuglé de rage, les lança contre les rochers où elles éclatèrent. »

Je lui fis remarquer qu'une telle réaction semblait parfaitement normale, n'importe qui aurait agi de même.

Don Juan rétorqua que ce jeune homme était un imbécile qui ignorait ce qu'il cherchait. Il ne savait pas ce qu'un « pouvoir » pouvait être, et par conséquent il lui était impossible de se rendre compte s'il en avait trouvé un ou non. Il ne prenait pas l'entière responsabilité de son choix, donc sa gaffe le poussait à la rage. Il avait espéré acquérir quelque chose et n'avait rien eu. Si j'avais été ce jeune homme, précisa don Juan, et si je m'étais laissé aller à mon penchant naturel, j'aurais aussi terminé par la colère et les regrets, et sans aucun doute durant ma vie tout entière je me serais lamenté d'avoir ainsi tout perdu.

Puis il enchaîna pour expliquer la conduite du vieillard. Intelligemment, il avait nourri le jeune homme jusqu'à lui donner l'« audace de la panse pleine », ce pourquoi le jeune homme détruisit les gourdes lorsqu'il les découvrit pleines de nourriture seulement.

« Si dans son choix il avait été pleinement

conscient et responsable, il aurait pris cette nourriture et cela l'aurait plus que satisfait. Peut-être ainsi se serait-il rendu compte que la nourriture c'est aussi du pouvoir. »

6

Devenir chasseur

Vendredi 23 juin 1961

Aussitôt assis, j'assaillis don Juan de mes questions. Il ne répondit pas et d'un geste impatient
de la main m'ordonna le silence. Il semblait ne
pas être d'humeur à plaisanter.

« Je pensais au fait que depuis le jour où tu as
essayé d'apprendre ce qui concerne les plantes
tu n'as pas changé du tout », dit-il d'un ton accu-
sateur.

À haute voix il énuméra tous les changements
de personnalité qu'il me recommandait d'entreprendre. Je lui déclarai avoir très sérieusement envisagé la question et aussi découvert
l'impossibilité d'adopter ces changements puisque tous allaient à l'encontre de ma nature. Il
répliqua qu'il ne suffisait pas de les étudier et
que tout cela ne constituait en aucun cas une
plaisanterie. J'insistai sur le fait que bien
qu'ayant peu fait pour modifier ma vie person-

nelle selon ses idées je désirais sincèrement apprendre l'usage des plantes.

Après un long silence tendu, je jetai :

« M'apprendrez-vous ce qui touche au peyotl ? »

Il précisa que mes intentions, mes intentions seules, ne suffisaient pas, et que connaître le peyotl — pour la première fois il le nomma *Mescalito* — était une affaire des plus sérieuses.

Malgré cela le soir même il me soumit à un test, il me posa un problème sans me donner le moindre indice directeur : il s'agissait de trouver un lieu bénéfique, une « place », dans l'aire du porche d'entrée où nous allions toujours nous asseoir pour discuter, un endroit où, selon lui, je devais me trouver parfaitement heureux et régénéré. Pendant cette nuit, tout en cherchant cette « place » en me roulant par terre dans tous les sens, je remarquai par deux fois un changement de coloration à la surface du porche de terre battue noire.

Cette recherche m'avait épuisé et je m'endormis sur un de ces endroits où j'avais décelé le changement de couleur. Au matin, don Juan me réveilla pour m'annoncer le succès de l'expérience, j'avais découvert ma place bénéfique et de plus son contraire, une place néfaste ou ennemie, ainsi que les couleurs associées à ces qualités.

Très tôt nous partîmes dans le désert qui s'étendait autour de sa maison. Tout en marchant, don Juan m'expliqua combien il était important pour un homme vivant dans le milieu naturel de savoir découvrir si un endroit était «bénéfique» ou «ennemi». Je tentai de dévier la conversation sur le peyotl, mais il refusa sèchement. Il me recommanda de ne jamais en faire mention, sauf s'il abordait lui-même le sujet.

Nous nous assîmes à l'ombre de hauts arbustes, dans une zone d'épaisse végétation. Autour de nous la broussaille désertique n'avait pas encore entièrement séché. Il faisait très chaud, les mouches m'agaçaient, mais, bizarrement, ne semblaient pas l'importuner. J'étais en train de me demander s'il les ignorait sciemment, lorsque je remarquai qu'elles ne se posaient jamais sur son visage.

«Parfois il est indispensable de découvrir d'urgence une place bénéfique, reprit-il. Ou peut-être est-il nécessaire de se rendre compte rapidement si l'endroit où l'on va s'arrêter est mauvais. Un jour nous nous sommes assis près d'une colline et tu t'es fâché. Cet endroit-là était ton ennemi. Souviens-toi, un petit corbeau t'avait prévenu.»

Je me souvenais de l'insistance avec laquelle il m'avait enjoint d'éviter à l'avenir cet endroit.

Cependant c'est parce qu'il ne m'avait pas laissé rire que je m'étais mis en colère.

« J'ai cru alors que ce corbeau volant au-dessus de nous était un présage uniquement à mon intention, continua-t-il. Jamais je n'aurais pu supposer que les corbeaux étaient aussi tes amis.

— De quoi parlez-vous donc ?

— Le corbeau a été un présage. Si tu connaissais les corbeaux tu aurais évité cet endroit pire que la peste. Cependant il n'y a pas toujours un corbeau pour te prévenir, et c'est la raison pour laquelle tu dois apprendre à trouver toi-même un lieu ou un camp adéquat pour t'y reposer. »

Un silence se prolongea. Tout à coup il se tourna vers moi et déclara que pour trouver la place bénéfique il suffisait de croiser les yeux. Il me fit un signe complice et d'un ton confidentiel m'informa que c'était précisément ce que j'avais fait pendant que je me roulais par terre sous son porche, et que cela m'avait permis de découvrir les deux lieux et leurs couleurs respectives. Il avoua être impressionné par sa réussite.

« Sincèrement, j'ignore ce que j'ai fait, dis-je.

— Tu as croisé les yeux, insista-t-il. Voilà le moyen. Tu as appliqué cette technique ; seulement tu ne t'en souviens plus. »

Il se lança dans la description de cette technique qui, précisa-t-il, ne se maîtrisait pas en moins de deux ans et consistait à forcer graduellement les yeux à voir séparément la même image. La divergence permettait une double perception du monde, et c'est cette perception qui, d'après lui, donnait la possibilité d'apprécier des changements dans le milieu environnant qui restaient imperceptibles à la vision normale.

Il m'incita vivement à essayer en certifiant que cet exercice ne pouvait nuire en rien à mes yeux. Au début, expliqua-t-il, je devais jeter de rapides coups d'œil comme des regards en coin. Il désigna un gros buisson et me montra comment procéder. Ses yeux ressemblaient à ceux d'un animal sournois qui ne pourrait pas regarder en face.

Pendant une heure, tout en marchant, je tentai de ne pas diriger mon regard sur un point précis. Puis don Juan me conseilla de commencer à séparer les images perçues par chaque œil. Je dus cesser à cause d'un terrible mal de tête.

«Te sens-tu capable de nous trouver un "endroit adéquat"?» demanda-t-il.

Les critères définissant un «endroit adéquat» me manquaient. Il expliqua patiemment que regarder par de rapides coups d'œil donnait aux yeux la possibilité de saisir des vues inhabituelles.

«De quel genre? intervins-je.

— À proprement parler, il ne s'agit pas de vues. Plutôt des sensations. En regardant un buisson ou un arbre ou un rocher où l'on veut s'arrêter, les yeux peuvent te faire sentir si cet endroit est ou non le meilleur pour s'y reposer. »

Je lui demandai de décrire ces sensations, mais soit il ne pouvait les exprimer soit il ne désirait pas le faire. Il me dit seulement de m'entraîner en choisissant un endroit ; il me signalerait si mes yeux travaillaient efficacement ou non.

Il y eut bien un moment où je perçus ce qui me sembla être un galet réfléchissant de la lumière, galet que je n'arrivais plus à voir lorsque je concentrais mon regard dans sa direction, mais qui me devenait visible lorsque je balayais l'endroit de rapides coups d'œil. Alors j'apercevais un faible scintillement. Je désignai l'endroit à don Juan, au milieu d'un replat sans végétation et sans ombre. Avant de me demander pourquoi j'avais choisi cet endroit, il fut pris d'un rire tonitruant. Je lui expliquai que j'avais vu un scintillement.

« Peu importe ce que tu vois. Tu pourrais même voir un éléphant. L'important est ce que tu sens. »

Je ne ressentais absolument rien. Il me lança un regard mystérieux puis déclara qu'il souhaiterait me faire plaisir en restant en ma compagnie, mais qu'il allait s'asseoir ailleurs pendant que je ferais l'expérience de l'endroit détecté.

À deux mètres de moi, il m'observait. Je m'assis. Quelques minutes plus tard il éclata de rire. Son rire me mettait les nerfs à fleur de peau.

J'eus l'impression qu'il se moquait de moi et cela m'irrita. Je me demandai ce que je pouvais bien faire là dans le désert, car, à tout prendre, il y avait sans aucun doute quelque chose qui ne marchait pas dans ce que j'avais entrepris de faire avec don Juan. Je n'étais plus qu'un pion entre ses mains.

Soudain il se précipita dans ma direction, me saisit par le bras et me traîna trois ou quatre mètres plus loin. Il m'aida à me relever puis, du revers de la main, essuya les gouttelettes de sueur qui couvraient son front.

Je me rendis compte qu'il paraissait exténué. Il me tapota le dos et me confia que j'avais choisi la mauvaise place et qu'il avait dû venir à mon secours à toute vitesse lorsqu'il avait vu que la place où j'étais assis allait entièrement dominer mes sensations. Je ne pus m'empêcher de rire. Le spectacle avait été vraiment comique. Il avait couru comme un jeune homme, ses pieds se déplaçant comme s'ils agrippaient la terre rouge du désert de manière à le propulser vers moi. Je l'avais vu rire, et la seconde suivante il me traînait par le bras.

Peu après il insista pour que je recommence à chercher un endroit adéquat pour nous y reposer. Nous marchâmes longtemps, mais je ne vis ni ne sentis rien de particulier. Plus détendu, il est possible que j'aurais vu ou senti, mais au moins je n'éprouvais plus de colère à son égard.

«Ne sois pas déçu, dit-il. Pour entraîner correctement les yeux il faut beaucoup de temps.»

Je n'avais rien à dire. Comment être déçu par ce qu'on ne comprend même pas? Cependant je devais admettre qu'à trois reprises la colère ou l'énervement m'avait dominé au point d'en être malade lorsque j'étais assis à des endroits qu'il caractérisa de mauvais pour moi.

«L'astuce, c'est de sentir avec tes yeux. Ton problème vient de ce que tu ignores ce qu'il faut sentir. Ça viendra quand même, en t'entraînant.

— Don Juan, ne devriez-vous pas me préciser ce que je dois sentir?

— Impossible.

— Pourquoi?

— Personne ne peut savoir ce que tu dois sentir. Ça n'est ni de la chaleur, ni de la lumière, ni une lueur, ni une couleur. C'est quelque chose d'autre.

— Pourriez-vous le décrire?

— Non. Je ne puis que t'en fournir la technique. Une fois que tu auras séparé les images, tu devras faire attention à la région entre les deux images. C'est là que tout changement digne d'être noté se produira.

— Quelle sorte de changement?

— Cela est sans importance. C'est la sensation qui compte. Chaque homme est différent. Aujourd'hui tu as vu un scintillement, mais sans signification car il manquait la sensation. Je ne peux pas te dire comment sentir. Tu dois l'apprendre toi-même.»

Nous nous reposâmes en silence. Il plaça son chapeau sur son visage et demeura immobile, comme endormi. Je m'absorbai dans la prise de notes et lorsqu'il remua je sursautai. Il s'assit promptement et me dévisagea en fronçant les sourcils.

«Tu as un don pour la chasse, et c'est ce que tu dois apprendre, la chasse. Nous ne parlerons plus jamais des plantes.»

Il gonfla ses joues et pendant un instant souffla, puis avec une feinte innocence reprit :

«Je ne crois pas que nous en ayons jamais parlé. Qu'en penses-tu?»

Et il éclata de rire.

Pendant le reste de la journée nous marchâmes dans toutes les directions sans but apparent, et il me fit des descriptions extraordinairement détaillées de la vie des crotales, de leur façon de gîter, de se déplacer, de leurs habitudes saisonnières, des particularités de leur conduite. Puis il corrobora chacun des points qu'il avait mentionnés et pour finir attrapa et tua un grand serpent. Il coupa la tête, vida les entrailles, retourna la peau et grilla la viande. Il y avait dans ses mouvements une telle grâce que c'était un vrai plaisir de l'observer. Comme subjugué par son magnétisme, je l'avais écouté avec tant d'intensité que pendant ce temps-là le reste du monde s'était pratiquement évanoui pour moi.

Manger le serpent à sonnettes fut un dur retour au monde ordinaire. J'eus envie de vomir en mâchant le premier morceau, mais le malaise s'avéra incongru, car la chair était délicieuse. Cependant mon estomac se comportait comme s'il était indépendant de moi : je parvenais à peine à avaler la viande. Don Juan riait tant que je crus qu'il allait mourir de rire.

Le repas terminé nous allâmes nous reposer à l'ombre de quelques rochers. Je me mis à travailler sur mes notes et pus me rendre compte alors de l'étonnante quantité d'informations que don Juan m'avait fournies sur les crotales.

« Ton esprit de chasseur te revient, dit-il tout à coup, le visage extrêmement sérieux. Maintenant tu es accroché.

— Comment ? »

J'aurais voulu qu'il précise sa déclaration, surtout ce « tu es accroché ». Mais il la répéta en riant.

« Comment suis-je accroché ?

— Les chasseurs chasseront toujours, dit-il. Moi aussi je suis un chasseur.

— Voulez-vous dire que vous chassez pour vous nourrir ?

— Je chasse pour vivre. Je peux survivre n'importe où dans le milieu naturel. »

D'un geste de la main il désigna tout ce qui nous entourait.

« Être chasseur suppose que l'on connaisse beaucoup de choses, reprit-il. Cela suppose que l'on puisse voir le monde de plusieurs façons. Pour être chasseur il faut être en parfait accord avec tout le reste, sinon la chasse deviendrait une corvée sans intérêt. Par exemple aujourd'hui nous avons capturé un petit serpent. J'ai dû lui présenter mes excuses pour lui ôter la vie si soudainement et si définitivement. J'ai fait ce que j'ai fait en sachant que ma propre vie sera aussi un jour tranchée, de façon très semblable, soudainement et définitivement. Par conséquent, en tout et pour tout, hommes et serpents sont sur le même plan. Aujourd'hui l'un d'eux nous a nourris.

— Au temps où je chassais je n'ai jamais tenu compte de ces choses, dis-je.

— Ce n'est pas vrai. Tu ne t'es pas contenté de tuer des animaux, tu les as mangés avec ta famille. »

Il avait dit cela avec la conviction d'un témoin du fait, et bien sûr, il avait raison ; mon gibier avait quelquefois approvisionné la table familiale.

Après quelques hésitations je lui demandai :

« Comment saviez-vous cela ?

— Il y a des choses que je sais tout simplement. Cependant je ne peux pas te dire comment je les sais. »

Je lui racontai que mes oncles et mes tantes nommaient très sérieusement tous ces oiseaux des « faisans ».

Don Juan remarqua qu'il pouvait facilement

les imaginer désignant une hirondelle comme «un petit faisan», et imita avec talent la façon dont il la mangeait. L'extraordinaire mouvement de ses mâchoires me donnait l'impression qu'il était vraiment en train de mâcher un oiseau d'une seule bouchée, chair et os en même temps.

«Sincèrement, je crois que tu as un flair pour la chasse, dit-il en me fixant. Et nous avons mordu au mauvais fruit. Peut-être que pour devenir chasseur tu seras plus enclin à changer ta vie.»

Il me rappela que, sans trop fournir d'efforts, j'avais découvert qu'il existait dans le monde de bons et de mauvais endroits, ainsi que les couleurs spécifiques qui leur sont associées.

«Ce qui signifie que tu as du flair pour la chasse. Rares sont ceux qui découvrent du premier coup leurs couleurs et leurs places.»

Être un chasseur semblait agréable, en quelque sorte romantique, mais à mon avis cela restait absurde puisque je n'avais pas la moindre envie de chasser.

«Tu n'as pas besoin d'avoir envie de chasser, ou même d'aimer chasser, rétorqua-t-il. Tu as une disposition naturelle. Je pense que les meilleurs chasseurs n'aiment jamais chasser, ils chassent bien, c'est tout.»

J'avais l'impression que don Juan parvenait toujours à se tirer d'affaire dans la discussion, et cela alors même qu'il prétendait ne pas aimer parler.

« C'est comme ce que je t'ai dit des chasseurs. Ce n'est pas que j'aie envie de parler. J'ai le flair pour cela et je le fais bien, c'est tout. »

Son agilité mentale m'amusait énormément.

« Les chasseurs doivent être des hommes exceptionnellement en possession d'eux-mêmes, continua-t-il. Ils laissent le moins de choses possible au hasard. Depuis le début j'ai tenté de te persuader de vivre d'une autre manière. Jusqu'à présent je n'ai pas réussi. Il n'y avait rien à quoi tu aurais pu t'accrocher. Maintenant, c'est différent. Je t'ai rendu ton vieil esprit de chasseur et peut-être qu'à travers cela tu changeras. »

Je me défendis de vouloir devenir un chasseur. Je lui remis en mémoire le fait qu'au début je n'avais eu que l'intention de l'entendre parler des plantes, et qu'il m'avait détourné de mon but à un point tel que je ne savais plus exactement si j'avais vraiment désiré apprendre ce qui concerne les plantes.

« Bien, c'est très bien, dit-il. Puisque tu ne sais pas exactement ce que tu veux, il y a une chance pour que tu deviennes un petit peu plus humble.

« Partons de ce point de vue. Dans tes projets il importe peu que tu apprennes ce qui touche aux plantes ou à chasser. Tu l'as toi-même avoué. Tu t'intéresses à tout ce que quelqu'un peut te raconter. N'est-ce pas vrai ? »

C'est bien ce que je lui avais déclaré, en tentant de définir l'entreprise de l'anthropologue, du temps où je voulais en faire mon informateur.

Don Juan riait sous cape, manifestement conscient de dominer la situation.

« Je suis chasseur, dit-il comme s'il avait lu dans mes pensées. Je laisse bien peu de choses au hasard. Sans doute faut-il que je te précise que j'ai appris à être chasseur ; je n'ai pas toujours aimé ce que je fais maintenant. Il y a eu dans ma vie un moment où il a fallu que je change. Aujourd'hui je te montre la direction, je te guide. Je connais parfaitement ce dont je parle, quelqu'un m'a appris tout cela. Je ne l'ai pas échafaudé par moi-même.

— Voulez-vous dire que vous avez eu un maître ?

— Disons que quelqu'un m'a enseigné la chasse comme maintenant je veux te l'enseigner », répondit-il, et immédiatement il changea de sujet de conversation.

« Je pense qu'il fut un temps où chasser était une des plus importantes activités qu'un homme puisse accomplir. Tous les chasseurs étaient des hommes puissants. En fait, pour supporter les rigueurs d'une telle vie, un chasseur devait en tout premier lieu être puissant. »

Soudain la curiosité me gagna. Faisait-il allusion à une époque pré-espagnole ?

« De quelle époque parlez-vous ?

— D'une fois.

— Quand ? Que veut dire ce "une fois" ?

— Il veut dire une fois, ou peut-être signifie-t-il maintenant, aujourd'hui, cela n'a aucune importance. Il y eut un temps où tout le monde savait qu'un chasseur était le meilleur des hommes. De nos jours, tous les hommes ne le savent pas, mais il y en a assez qui le savent. Je sais qu'un jour tu seras un de ceux-là. Comprends-tu ?

— Les Indiens Yaquis ont-ils cette opinion sur les chasseurs ? C'est ce que je désire savoir.

— Pas nécessairement.

— Et les Indiens Pimas ?

— Pas tous. Mais certains. »

Je citai plusieurs groupes locaux. J'aurais voulu l'entendre déclarer que la chasse constituait une croyance et une pratique partagées par un ensemble particulier de gens. Mais il évitait habilement de me répondre. Je changeai de sujet.

« Pourquoi faites-vous tout ça pour moi ? »

Il ôta son chapeau et se gratta les tempes dans un geste de feinte perplexité.

« Je fais un geste pour toi, dit-il doucement. D'autres ont eu envers moi de semblables gestes. Un jour tu auras toi-même de tels gestes pour d'autres. Disons que c'est mon tour. Un jour j'ai découvert que si je voulais être un chasseur qui se respecte il fallait que je change ma manière de vivre. Auparavant je geignais et me plaignais

109

en permanence. J'avais toujours de bonnes raisons de me croire lésé. Je suis indien et on traite les Indiens comme des chiens. À cela, je ne pouvais rien changer, par conséquent il ne me restait que ma tristesse et mon chagrin. Mais alors ma bonne chance m'a épargné et quelqu'un m'a appris à chasser. Je me suis rendu compte que ma manière de vivre ne valait pas la peine d'être vécue... donc je l'ai changée.

— Mais, don Juan, je suis heureux dans ma peau. Pourquoi changer de vie ? »

D'une voix douce il entonna une chanson mexicaine, puis il en fredonna l'air. Sa tête allait d'avant en arrière au rythme du chant.

« Penses-tu que nous soyons égaux, toi et moi ? » demanda-t-il d'un ton tranchant.

Sa question me prenait au dépourvu. J'entendis un bourdonnement dans mes oreilles, comme s'il avait crié ces mots. Cependant sa voix contenait un son métallique qui résonnait dans mes oreilles.

Du petit doigt de la main gauche je fourrageai dans mon oreille gauche. Ayant des démangeaisons permanentes j'avais pris l'habitude d'user de mon petit doigt pour gratter le conduit, et ce mouvement devenait en fait une vibration de tout mon bras.

Don Juan m'observait avec une évidente fascination.

« Eh bien... sommes-nous égaux ?

— Bien sûr que nous le sommes. »

Très naturellement j'étais condescendant. J'éprouvai pour lui beaucoup d'amitié, bien que parfois il fût insupportable, néanmoins je conservais bien au fond de moi-même la certitude, que pourtant je n'avais jamais exprimée, qu'un étudiant, donc un homme civilisé du monde occidental, restait supérieur à un Indien.

« Non, dit-il calmement. Nous ne le sommes pas.

— Et pourquoi ? Il est évident que nous le sommes.

— Non, répliqua-t-il d'une voix douce. Je suis un chasseur et un guerrier ; toi tu es un maquereau. »

J'en restai bouche bée. Je n'arrivais pas à croire ce qu'il venait de dire. Je laissai tomber mon carnet de notes et le regardai, abasourdi. Puis, naturellement, la fureur me gagna.

Il me regardait calmement, droit dans les yeux. J'évitais son regard. Alors il se mit à parler. Il prononçait clairement ses mots. Ils jaillissaient lentement mais mortellement. Il dit que je maquereautais pour quelqu'un d'autre, que je ne menais pas mes propres combats mais ceux d'inconnus, que je ne désirais pas apprendre ce qui touche aux plantes, ni chasser, ni n'importe quoi d'autre, et que son monde d'actions précises, de sensations, de résolutions, était infiniment plus efficace que la stupide idiotie que je nommais « ma vie ».

J'étais interloqué. Il avait parlé sans agressivité

et sans mépris, mais avec une telle puissance et un tel calme que je n'étais même plus en colère.

Un long silence suivit. Embarrassé à l'extrême, je ne savais que dire. J'attendais qu'il parle. Les heures passèrent. Graduellement il s'immobilisa jusqu'à ce que son corps acquière une rigidité étrange et presque effrayante. Sa silhouette ne se dégageait plus qu'à peine de la nuit environnante. Lorsque l'obscurité devint complète on eût dit qu'il s'était fondu dans la noirceur des rochers. Son immobilité était si totale qu'il semblait ne plus exister du tout.

Vers minuit je me rendis compte qu'il pourrait rester et resterait certainement immobile dans ce désert, peut-être pour l'éternité s'il le voulait. Sans aucun doute son monde, un monde d'actions précises, de sensations et de résolutions, se révélait remarquablement supérieur au mien.

Calmement je touchai son bras. Les larmes jaillirent de mes yeux.

7

Être inaccessible

Jeudi 29 juin 1961

Une fois de plus et comme chaque jour depuis près d'une semaine, don Juan m'émerveilla par sa connaissance détaillée et précise de la conduite d'un chasseur. Il expliqua puis mit en œuvre plusieurs techniques de chasse basées sur ce qu'il nommait les «astuces des perdrix». La journée passa en un éclair tant il me captiva par ses explications. J'oubliai même de déjeuner, ce qui suscita de sa part des remarques taquines car je manquais rarement un repas.

Le soir venu, grâce à un piège des plus ingénieux qu'il m'apprit à construire, il avait capturé cinq perdrix.

«Deux suffisent», dit-il en relâchant les trois autres.

Il m'enseigna comment rôtir une perdrix. J'aurais voulu ramasser des branches et construire un four à la façon de mon grand-père, c'est-à-dire tapissé de feuilles et de branches vertes, le tout scellé avec de la terre, mais don Juan déclara qu'il était inutile d'infliger des blessures aux buissons alors que nous avions déjà porté dommage aux perdrix.

Une fois les oiseaux mangés, nous allâmes lentement vers un groupe de rochers. Nous nous installâmes sur une pente de grès. En plaisantant je déclarai que s'il m'avait laissé faire, j'aurais préparé les cinq perdrix à ma façon, selon une recette bien meilleure que la sienne.

« C'est certain, dit-il. Mais alors il est possible que nous n'aurions jamais pu quitter cet endroit sans blessures.

— Que voulez-vous dire ? Qui nous aurait attaqués ?

— Les broussailles, les perdrix, tout ce qui nous entoure nous aurait assaillis.

— Je n'arrive jamais à savoir si vous êtes sérieux. »

Il eut un geste d'impatience, claqua des lèvres, puis déclara :

« Tu possèdes une notion vraiment particulière de ce que signifie parler sérieusement. Je ris souvent parce que j'aime rire, cependant tout ce que je dis est terriblement sérieux, même lorsque tu ne comprends pas. Pourquoi le monde serait-il tel que tu penses qu'il est ? Qui t'a jamais donné le droit de prétendre une telle chose ?

— Il n'existe aucune preuve qu'il soit différent. »

La nuit tombait. Je pensais qu'il était temps de rentrer chez lui, mais il ne semblait pas pressé et par ailleurs je me sentais pleinement satisfait.

Le vent avait fraîchi. Tout à coup don Juan se leva et me dit que nous devions aller au sommet de la colline et rester debout dans un endroit sans végétation.

« Ne t'inquiète pas, continua-t-il. Je suis ton ami et je veillerai à ce qu'il ne t'arrive rien de mal.

— De quoi parlez-vous ? » demandai-je avec appréhension.

Il avait l'art de me jeter de la manière la plus insidieuse d'un état de pure joie dans une vraie frayeur.

« À cette heure du jour, le monde est extrêmement étrange, déclara-t-il. Voilà ce que j'ai voulu dire. Peu importe ce que tu verras, n'aie pas peur.

— Que vais-je donc voir ?

— Pour l'instant, je n'en sais rien », dit-il tout en regardant au loin vers le sud.

Il restait parfaitement calme. Je dirigeai mon regard dans la même direction.

Soudain il sursauta et de la main gauche me désigna une zone sombre dans les broussailles du désert.

« Le voilà, s'exclama-t-il comme s'il avait long-temps attendu cette apparition.

— Qu'est-ce donc ?

— Le voilà, répéta-t-il. Regarde ! Regarde ! »

Je ne voyais rien d'autre que des buissons.

« Maintenant il est ici, dit-il d'une voix oppressée. Il est ici. »

À l'instant même une rafale de vent me frappa et me brûla les yeux. Je fixai la zone en question. Là, il n'y avait rien de particulier.

« Je ne vois rien, avouai-je.

— Tu viens de le sentir, répliqua-t-il. À l'instant. Il est entré dans tes yeux et t'a empêché de voir.

— Mais de quoi parlez-vous donc ?

— Je t'ai conduit au sommet de la colline en pleine connaissance de cause car ici nous sommes placés en évidence et quelque chose s'avance vers nous.

— Quoi ? Le vent ?

— Non, pas simplement le vent, dit-il sèchement. Cela te semble le vent parce que tu ne connais que le vent. »

Je me fatiguais les yeux à scruter les broussailles du désert. Don Juan demeura silencieusement à mes côtés pendant un moment puis alla dans les buissons et arracha huit longues branches dont il fit un fagot. Il m'ordonna de l'imiter et de ne pas oublier de m'excuser à haute voix auprès des plantes que j'allais mutiler.

Les deux fagots rassemblés, il m'ordonna de les transporter en courant au sommet de la colline, puis de m'allonger par terre sur le dos, entre deux gros rochers. Avec une rapidité surprenante il mit les branches en place de façon à recouvrir mon corps tout entier, puis procéda de même pour lui. Au travers des feuilles il me murmura d'observer ce soi-disant vent qui allait cesser dès que nous serions cachés.

À ma grande surprise et ainsi qu'il l'avait prédit, le vent tomba très graduellement quelques instants plus tard au point que je ne m'en serais pas rendu compte si je n'avais pas été attentif. Pendant un moment le vent siffla à mes oreilles au travers des branches, puis peu à peu un silence parfait nous entoura.

En chuchotant je signalai à don Juan que le vent était tombé et toujours à voix basse il m'ordonna de ne faire ni un geste ni un bruit car ce que je nommais le vent n'était pas du vent mais quelque chose qui possédait une volonté propre et pouvait nous reconnaître.

Un rire nerveux me secoua.

Don Juan me fit remarquer le silence qui nous enveloppait. Il murmura qu'il allait se lever et que je devais le suivre en repoussant doucement les branches de la main gauche.

Nous nous levâmes de concert. Don Juan scruta le sud pendant un moment, et tout à coup se tourna vers l'ouest.

« Malin. Vraiment malin », marmonna-t-il en désignant du doigt une zone au sud-ouest.

« Regarde ! Regarde ! » m'ordonna-t-il.

Je regardai de toutes mes forces, je désirais vraiment voir ce dont il parlait. Mais en vain. Ou plutôt je ne vis rien que je n'eusse déjà vu auparavant, de simples broussailles ondulant sous un faible vent.

«Il est là», annonça-t-il.

Au moment même je sentis un souffle de vent sur mon visage. Il semblait avoir repris dès que nous nous étions relevés. Il devait y avoir une explication logique pour cette coïncidence.

Don Juan rit sous cape et me dit de ne pas me fatiguer les méninges en essayant d'expliquer raisonnablement ce qui venait de se produire.

«Allons encore une fois ramasser des branchages. Je n'aime pas faire ça aux petites plantes, mais il faut que nous le *stoppions.*»

Il réunit les branches dont nous avions fait usage et les recouvrit de terre et de gravier. Puis, reprenant le rituel déjà observé, chacun de nous cassa huit branches; pendant tout ce temps le vent souffla sans arrêt, je le sentais me soulever les cheveux autour des oreilles. Don Juan me chuchota de ne pas bouger, de ne pas parler une fois qu'il m'aurait couvert. Ce qu'il fit rapidement avant de s'installer lui aussi.

Nous restâmes ainsi pendant environ vingt minutes, et pendant ce temps le phénomène le plus extraordinaire se produisit : ce vent aux soudaines et fortes rafales se transforma à nouveau en une douce vibration.

Je retenais mon souffle dans l'attente du signal de don Juan. À un moment donné il écarta doucement les branches. Je l'imitai et nous nous levâmes. Tout était tranquille. Il n'y eut plus qu'une douce et légère vibration de feuilles dans les buissons qui nous entouraient.

Don Juan observait fixement une zone située au sud de nous.

« Le voilà encore », s'exclama-t-il à haute voix.

Involontairement je sursautai et tombai presque. D'un ton impératif il m'ordonna de voir.

« Mais que dois-je donc regarder ? »

Il répondit que le vent ou quoi que ce soit était comme un nuage ou un tourbillon qui sinuait bien au-dessus des broussailles vers le sommet où nous étions.

« Le voilà, dit-il à mon oreille. Observe comme il nous cherche. »

Sur-le-champ un vent fort et constant souffla dans mon visage, exactement comme la première fois. La terreur s'empara de moi. Je n'avais pas vu ce que don Juan décrivait, mais bien aperçu une effrayante ondulation qui agitait les buissons. Je tentai de reprendre mes esprits, et cherchai désespérément une explication quelconque qui fût appropriée à la situation. Peut-être y avait-il dans cet endroit des mouvements d'air fréquents que don Juan, familier du lieu, connaissait très bien puisqu'il était capable de les prévoir ? Ainsi il lui suffisait de s'allonger, de compter et d'attendre que le vent se calme ; puis de se relever un peu avant la reprise.

La voix de don Juan me tira de mes réflexions. Il me disait qu'il était temps de partir. Je traînais car j'aurais voulu rester pour vérifier que le vent allait se calmer.

« Don Juan, je n'ai rien vu.

— Tu as observé malgré tout quelque chose d'inhabituel.

— Peut-être devriez-vous me décrire une fois de plus ce que j'aurais dû voir.

— Je l'ai déjà fait, dit-il. Quelque chose qui se cache dans le vent et ressemble à un tourbillon, un nuage, une brume, un visage qui tourne sur lui-même. »

D'un geste des mains il évoqua un mouvement horizontal et vertical.

« Il se déplace dans une direction particulière. Il roule ou tourbillonne. Il faut que le chasseur sache tout cela pour bien choisir sa route. »

J'eus envie de le taquiner, mais il semblait tellement s'efforcer à me convaincre que je ne m'y risquai pas. Pendant un moment il me fixa du regard, je tournai la tête.

« Croire que le monde est seulement comme tu penses qu'il est est stupide. Le monde est un endroit mystérieux, surtout au crépuscule. »

D'un geste du menton il désigna le vent.

« Ça, ça peut nous suivre. Ça peut nous épuiser et parfois même nous tuer.

— Ce vent ?

— À ce moment du jour, au crépuscule, il n'y a pas de vent. À cette heure du jour il n'y a que du pouvoir. »

Pendant une heure nous demeurâmes assis

au sommet de la colline. Le vent souffla durement, sans jamais s'arrêter.

Vendredi 30 juin 1961

Tard dans l'après-midi, après avoir mangé, nous nous installâmes sous le porche de sa maison. Assis à ma « place » je me mis à travailler à mes notes. Il s'allongea sur le dos et croisa les mains sur son ventre. À cause du « vent » nous étions restés chez lui toute la journée. Il m'avait expliqué que nous avions délibérément perturbé le vent, donc qu'il valait mieux ne pas trop le taquiner. Je dus passer la nuit couvert de branches.

Il y eut une soudaine rafale de vent. D'un bond incroyablement agile don Juan fut en un instant sur pied.

« Sacré nom ! le vent te cherche.

— Don Juan, ça ne prend pas, dis-je en riant. C'est vraiment trop pour y croire. »

Par mon entêtement je manifestais qu'il m'était impossible d'accepter l'idée que le vent pût avoir une volonté propre, aussi bien que l'idée qu'il nous avait repérés en haut de la colline pour se précipiter sur nous. Je proclamai que l'idée d'un « vent doué de volonté » constituait une manière de voir le monde plutôt simplette.

« Le vent, qu'est-ce donc ? » répliqua-t-il.

Sans perdre mon calme je lui expliquai que

les masses d'air chaud et froid provoquaient des zones de pression différente, et que cela causait les mouvements horizontaux et verticaux de l'air. Il me fallut un certain temps pour détailler ces notions élémentaires de météorologie.

« Tu veux dire que le vent n'est que de l'air chaud ou froid ? questionna-t-il d'un ton perplexe.

— Je crois bien que oui », répondis-je en savourant ma victoire.

Don Juan semblait perdu, mais alors il me regarda et éclata d'un rire tonitruant.

« Tes opinions sont des opinions définitives, déclara-t-il d'un ton sarcastique. C'est ton dernier mot, n'est-ce pas ? Cependant pour un chasseur, tes opinions c'est de la merde. Peu importe si la pression est de un ou de deux ou de dix, car si tu vivais ici dans le désert tu saurais qu'au crépuscule le vent devient pouvoir. Un chasseur qui vaut quelque chose sait cela, et il agit en conséquence.

— Comment agit-il ?

— Il se sert du crépuscule et du pouvoir caché dans le vent.

— Comment ?

— Si cela lui est utile il se cache en se couvrant et il reste immobile jusqu'à ce que le crépuscule soit terminé et que le pouvoir l'ait enrobé de sa protection. »

Il fit un geste des mains, comme s'il enveloppait quelque chose.

« Sa protection est comme... »

Il s'arrêta comme en quête d'un mot. Je suggérai « cocon ».

« C'est exact, reprit-il. La protection du pouvoir enrobe comme un cocon. Alors un chasseur peut rester dehors sans prendre de précautions, car ni le puma ni le coyote ni le moindre insecte ne peuvent l'embêter. Un lion pourrait bien se trouver nez à nez avec lui, même le renifler ; si le chasseur reste immobile, le lion s'en ira. Ça, je peux te le garantir.

« Par ailleurs, si le chasseur veut être remarqué, il n'a qu'à rester debout au sommet d'une colline pendant le crépuscule, et le pouvoir l'embêtera et le cherchera toute la nuit. Par conséquent, un chasseur qui désire se déplacer pendant la nuit ou qui veut rester éveillé doit se mettre à la disposition du vent.

« C'est là le secret des grands chasseurs. Être disponible et ne pas être disponible au moment précis du tournant de la route. »

Un peu surpris je lui demandai de répéter sa déclaration. Avec une extrême patience il m'expliqua qu'il s'était servi du crépuscule et du vent pour insister sur l'importance cruciale des interactions entre se cacher et se montrer.

« Tu dois apprendre à être à volonté disponible ou indisponible. Dans le cours actuel de ta vie tu es, sans le vouloir, disponible en permanence. »

Je protestai, j'avais l'impression que ma vie

devenait de plus en plus secrète. Il rétorqua que je n'avais rien compris à sa déclaration et qu'être indisponible ne signifiait en aucun cas se cacher ou être secret, mais être inaccessible.

« En d'autres mots, continua-t-il sans perdre patience, se cacher importe peu lorsque tout le monde sait que tu te caches. Tes problèmes viennent justement de là. Lorsque tu te caches tout le monde sait que tu te caches, et sinon tu es disponible au point où tout le monde peut en profiter. »

Me sentant menacé, j'essayai sur-le-champ de me défendre.

« N'explique pas qui tu es, dit-il sèchement. Ce n'est pas la peine. Nous sommes des imbéciles, nous le sommes tous et tu ne peux pas être différent. Dans ma vie il y a eu une époque où, comme toi, je me rendais disponible à tout propos jusqu'à ce qu'il ne reste plus rien en moi si ce n'est les pleurs. Et alors, comme toi maintenant, j'ai souvent pleuré. »

Il me toisa du regard, puis émit un bruyant soupir.

« Malgré tout j'étais plus jeune que toi, reprit-il. Mais un jour j'en ai eu assez et j'ai changé. Disons qu'un jour, pendant que je devenais un chasseur, j'ai appris le secret de savoir devenir disponible ou indisponible. »

J'avouai que ses explications me dépassaient. Je ne pouvais absolument pas comprendre ce qu'il voulait exprimer par être disponible. Il

avait utilisé les expressions idiomatiques espa-
gnoles *ponerse al alcance* et *ponerse en el medio del
camino*, qu'on peut traduire par se mettre à
l'écart et se mettre au milieu d'un chemin fré-
quenté.

« Il faut que tu t'arraches toi-même, expliqua-
t-il. Il faut que tu te retires toi-même du milieu
d'une route encombrée. Ton être tout entier est
là, par conséquent ça ne sert à rien de se cacher,
tu imaginerais seulement que tu te caches. Être
au milieu de la rue signifie que chaque passant
observe tes allées et venues. »

Sa métaphore retint mon attention, mais elle
demeurait obscure.

« Vous parlez par énigmes », dis-je.

Il me regarda fixement pendant longtemps,
puis il entonna un air mexicain. Je me tins le dos
droit, prêt à tout. Je savais que lorsqu'il fredon-
nait un air mexicain il n'allait pas tarder à me
matraquer.

« Hé ! dit-il en souriant et sans me lâcher des
yeux. Qu'est devenue ta blonde amie ? Cette fille
que tu aimais vraiment. »

À mon expression absolument ahurie il fut
pris d'un rire franchement heureux. Je ne savais
que dire.

« C'est toi qui m'en as parlé », dit-il pour me
rassurer. Mais je ne me souvenais pas de lui avoir
parlé d'une amie, encore moins de cette jeune
fille aux cheveux blonds.

« Jamais je ne vous ai rien dit de tel.

— Bien sûr que tu me l'as dit», répliqua-t-il comme pour repousser toute protestation.

Il écarta toute intervention de ma part en précisant qu'il importait peu de savoir comment il connaissait cette jeune fille, que ce qui comptait c'était que je l'avais aimée.

Je sentis naître en moi un sentiment d'animosité à son égard.

«Ne rue pas, lança-t-il sèchement. C'est justement le moment d'effacer toute impression d'importance.

«Une fois tu as eu une femme, une femme très chère, et un jour tu l'as perdue.»

Je me demandai si malgré tout je ne lui en avais pas parlé, mais je conclus à l'impossibilité d'une telle confidence. Et pourtant chaque fois que nous roulions en voiture nous parlions sans arrêt de choses et d'autres. Je ne pouvais pas me rappeler tous nos sujets de conversation puisqu'en conduisant il m'était impossible de prendre des notes. Tout bien pesé, je n'avais aucune raison de m'affoler, et j'admis qu'une jeune fille aux cheveux blonds avait joué un rôle très important dans ma vie.

«Pourquoi n'est-elle pas avec toi?

— Elle est partie.

— Pourquoi?

— Pour bien des raisons.

— Il n'y en avait pas tant que ça. Il y en avait une seule. Tu te rendais trop disponible.»

J'avais le profond désir de le comprendre. Il

m'avait porté un nouveau coup et semblait pleinement conscient de l'effet obtenu. Une moue cacha son sourire espiègle.

« Tout le monde savait tout à votre propos, reprit-il avec une formidable assurance.

— Était-ce une erreur ?

— Une erreur fatale. Pourtant elle était quelqu'un de bien. »

Je lui fis part sans détour de mon écœurement à le voir ainsi tâtonner dans le noir, particulièrement parce qu'il avançait des choses exactement comme s'il avait été présent lorsqu'elles s'étaient produites.

« Mais c'est vrai, s'exclama-t-il d'une manière déconcertante. J'ai tout *vu*. C'était quelqu'un de bien. »

Je savais qu'il était inutile de discuter, mais j'étais en colère car il venait de toucher du doigt une blessure profonde. D'ailleurs, à mon avis cette jeune fille n'était pas quelqu'un de si bien que ça car elle était plutôt faible.

« Et toi aussi, dit-il calmement. Mais cela n'est pas important. Ce qui compte c'est que tu l'as cherchée partout ; c'est cela qui en fait une personne très particulière de ton monde, et pour quelqu'un de particulier il faudrait toujours avoir des mots gentils. »

Je me sentais embarrassé ; une grande tristesse commençait à m'envahir.

« Don Juan, que me faites-vous donc ? Vous

réussissez toujours à me rendre triste. Pourquoi ?

— Ça y est, tu te laisses aller à un excès de
sentimentalité, m'accusa-t-il.

— Mais dans quel but tout cela ?

— Être inaccessible, voilà ce dont il est question. J'ai ravivé le souvenir de cette personne
seulement comme un moyen pour te montrer
directement ce que je n'arrivais pas à te faire
voir avec le vent.

« Tu l'as perdue parce que tu étais accessible,
tu restais toujours à sa portée, votre vie n'était
que routine.

— Non ! rétorquai-je, vous avez tort. Jamais
ma vie n'a été que routine.

— C'était et cela reste une routine, énonça-
t-il catégoriquement. C'est une routine inhabi-
tuelle, qui te donne l'impression que ce n'est
pas une routine, mais, crois-moi, c'en est une. »

J'avais envie de bouder et de m'enfoncer dans
une humeur morose, mais ses yeux m'obser-
vaient d'une manière indéfinissable. Ils semblaient me pousser et me pousser encore.

« L'art du chasseur, c'est de devenir inaccessible. Dans le cas de cette jeune fille blonde cela
aurait voulu dire que tu devais devenir chasseur
et la rencontrer rarement. Et non pas comme tu
l'as fait. Jour après jour tu restais en sa compagnie jusqu'à ce que vous n'éprouviez plus
d'autre sentiment que l'ennui. N'est-ce pas
vrai ? »

Je ne répondis pas. Je savais que c'était inutile. Il avait raison.

« Être inaccessible signifie que l'on touche le monde environnant avec sobriété. Tu ne manges pas cinq perdrix ; une seule suffit. Tu ne t'exposes pas au pouvoir du vent si ça n'est pas indispensable. Tu n'utilises pas et ne presses pas les gens jusqu'à les réduire à la peau et aux pépins, particulièrement ceux que tu aimes.

— Honnêtement, je n'ai jamais abusé de personne. »

Mais il affirma le contraire, et en ces occasions, précisa-t-il, je me déclarais brusquement fatigué et ennuyé par les gens.

« N'être pas disponible signifie que tu évites délibérément de fatiguer toi-même et les autres. Cela signifie que tu n'es ni affamé ni désespéré comme ce pauvre diable qui croit qu'il ne mangera jamais plus et qui dévore tout ce qu'il peut, cinq perdrix ! »

C'était pour le moins un coup bas. J'en ris et cela sembla lui faire plaisir. Il me toucha légèrement dans le dos.

« Un chasseur sait qu'il attirera toujours du gibier dans ses pièges, par conséquent il ne se soucie de rien. Se faire du souci c'est devenir accessible. Une fois que tu es inquiet, tu t'accroches à n'importe quoi de manière désespérée, et une fois que tu t'accroches tu t'épuises et tu épuiseras inévitablement ce à quoi tu t'accroches. »

Je répliquai que dans ma vie de tous les jours il était inconcevable d'être inaccessible ; je désirais souligner ainsi que pour être capable d'agir il me fallait avoir la possibilité d'être en contact avec tous ceux qui avaient affaire avec moi.

« Je t'ai déjà précisé qu'être inaccessible ne signifie en aucun cas se cacher ou faire des secrets, répondit-il. Cela ne signifie pas que tu ne puisses plus avoir affaire aux autres. Un chasseur utilise son monde avec frugalité et avec tendresse, peu importe ce qu'est ce monde, choses, animaux, gens, ou pouvoir. Un chasseur est intimement en rapport avec son monde et cependant il demeure inaccessible à ce monde même.

— C'est contradictoire, dis-je. Il ne peut pas être inaccessible si heure après heure, jour après jour, il est là, dans son monde.

— Tu n'as pas compris, remarqua-t-il avec beaucoup de patience. Il est inaccessible parce qu'il ne déforme pas son monde en le pressant. Il le capte un tout petit peu, y reste aussi longtemps qu'il en a besoin, et alors s'en va rapidement en laissant à peine la trace de son passage. »

8

Briser les routines de la vie

Dimanche 16 juillet 1961

Toute la matinée nous observâmes des rongeurs semblables à des écureuils que don Juan nommait des rats d'eau. Il me fit remarquer combien ils étaient rapides en cas de danger, mais qu'une fois à distance du prédateur ils avaient la terrible habitude de s'arrêter, ou même de grimper sur un rocher, de se dresser sur leurs pattes de derrière pour regarder les environs et de prendre soin de leur pelage.

« Ils ont de très bons yeux, dit-il. Il faut se déplacer uniquement lorsqu'ils courent et par conséquent bien prévoir le moment où ils s'arrêteront, de manière à se figer instantanément sur place. »

Cette observation m'absorba entièrement et je fis ce qui pour un chasseur aurait constitué une journée de chasse. Je repérai ces animaux, j'arrivai au point de pouvoir prédire presque assurément leurs mouvements.

Ensuite don Juan me montra comment confectionner des pièges pour les attraper. Il expliqua qu'un chasseur devait toujours prendre le temps d'observer attentivement son gibier, les lieux où il mange, se repose, pour déterminer ainsi l'emplacement des pièges. Il fallait les poser de nuit de façon à n'avoir qu'à effrayer le gibier le lendemain ; il ne restait qu'à les voir s'y précipiter.

Il chercha quelques bâtons et se mit à construire les instruments de notre chasse. Le mien était pratiquement terminé et avec quelque anxiété je me demandais s'il fonctionnerait lorsque don Juan s'arrêta soudain, jeta un coup d'œil à son poignet gauche sur une montre qu'il n'avait jamais possédée, et déclara qu'il était l'heure de déjeuner. Je tenais un long bâton que je me proposais de courber, et machinalement je le posai par terre avec tout mon attirail.

Don Juan me regardait sans cacher sa curiosité. Il imita le son d'une sirène d'usine. J'éclatai de rire, son imitation était absolument remarquable. J'allais m'avancer vers lui lorsque je vis qu'il me fixait du regard en balançant la tête d'un côté à l'autre.

« Sacré nom ! dit-il.

— Qu'est-ce qui ne va pas ? »

À nouveau il émit le son de la sirène.

« Le déjeuner est fini, dit-il. Retourne à ton travail. »

Confus, je restai figé sur place ; je crus qu'il

plaisantait, d'autant plus que nous n'avions rien à manger. L'observation de ces rongeurs m'avait fait oublier le repas. Je repris mon bâton et m'efforçai de le courber. Un moment plus tard, il imita de nouveau la sirène.

« Il est temps de rentrer », annonça-t-il.

Il jeta un coup d'œil sur sa montre imaginaire, me regarda et cligna des yeux.

« Il est cinq heures », me confia-t-il mystérieusement. Je crus qu'il devait en avoir assez de cette chasse, qu'il annulait le projet en cours. Je reposai tout par terre et me préparai au départ. Je ne faisais aucune attention à lui. Une fois prêt je levai les yeux et le découvris assis en tailleur non loin de moi.

« Je suis prêt, dis-je. Nous pouvons y aller quand vous voudrez. »

Il se leva, grimpa sur un rocher, s'immobilisa pour me regarder, mit ses mains en cornet devant sa bouche et lança un son perçant et prolongé, comme celui d'une énorme sirène. Il fit un tour sur lui-même tout en continuant ce hululement.

« Don Juan, que faites-vous ? »

Il me répondit qu'il venait de lancer au monde entier le signal d'arrêt du travail. J'étais abasourdi. Je me demandai s'il plaisantait ou s'il avait perdu la boule. Je l'observais attentivement dans l'espoir de déceler une relation quelconque entre ce qu'il faisait et ce qu'il aurait bien pu avoir dit une fois. Mais ce matin-là nous n'avions pratiquement pas échangé un seul mot et en tout cas rien de bien important.

Il demeurait perché sur son rocher. Il me regarda, sourit et cligna de l'œil. Je commençai à m'alarmer. Don Juan leva ses mains autour de sa bouche et émit un autre son prolongé de sirène.

Il déclara qu'il était huit heures du matin, que je devais préparer à nouveau mon attirail car nous avions une journée entière devant nous.

Je n'y comprenais plus rien. En un rien de temps ma frayeur se changea en une irrésistible envie de prendre mes jambes à mon cou : il devait être cinglé. Je me préparais à partir lorsqu'il descendit de son piédestal et vint vers moi en souriant.

« Tu penses que je suis cinglé ? Pas vrai ? »

Je lui avouai que sa conduite insolite suscitait ma frayeur.

Il déclara qu'il pouvait en dire autant. Je n'y compris rien, je remarquai surtout que ses actions semblaient absolument démentes. Il expliqua avoir délibérément tenté de m'effrayer par la lourdeur de son attitude inattendue parce que la lourdeur de ma conduite sans surprise l'horripilait. Mes routines étaient aussi démentes que son rôle de sirène.

Choqué, je déclarai ne pas vraiment avoir de routines ; ce pourquoi d'ailleurs ma vie restait une pagaille épouvantable.

Il éclata de rire puis me fit signe de prendre

place à côté de lui. Une fois de plus la situation était bouleversée mystérieusement, et dès qu'il commença à parler mes craintes disparurent.

« Quelles sont mes routines ?

— Tout ce que tu fais est routine.

— Mais n'en est-il pas de même pour nous tous ?

— Non. Pas pour tout le monde. Je n'accomplis rien qui soit routine.

— Don Juan, qu'est-ce qui a provoqué cette scène ? Qu'ai-je fait ou dit pour susciter votre comportement ?

— Tu te faisais du souci pour le déjeuner.

— Je ne vous en ai rien dit, comment le savez-vous ?

— Chaque jour, vers midi et vers six heures du soir et vers huit heures du matin tu t'inquiètes parce que pour toi c'est l'heure de manger, même si tu n'as pas faim, précisa-t-il malicieusement.

« Pour te révéler tes routines il m'a suffi de faire la sirène. Tu as été entraîné pour faire ton travail à un signal donné. »

Il me dévisagea comme s'il attendait une question ; je ne pouvais vraiment pas me défendre.

« Et maintenant, continua-t-il, de la chasse tu fais une routine. Tu t'es déjà établi dans une habitude de chasse. Tu parles à certains moments, tu manges à d'autres, et à une heure précise tu t'endors. »

Pourquoi protester ? Don Juan décrivait ainsi

exactement ma vie et j'usais du même principe pour tout ce que j'entreprenais. Malgré tout j'avais la conviction d'avoir une vie moins routinière que la plupart de mes amis et connaissances.

« Tu en sais un bon bout sur la chasse, reprit-il, et pour toi il doit être facile de comprendre qu'un bon chasseur connaît avant toutes choses les routines de son gibier. C'est d'ailleurs ce qui en fait un excellent chasseur.

« Si tu te souviens du cheminement que j'ai emprunté pour t'enseigner la chasse, alors tu dois pouvoir comprendre cela. En tout premier lieu je t'ai appris à fabriquer des pièges, à les installer, et alors je t'ai montré les routines de l'animal à chasser ; enfin nous avons vérifié l'efficacité de nos pièges contre leurs routines. C'est ce qui constitue les formes extérieures de la chasse.

« Maintenant il me faut t'enseigner la dernière et sans doute la plus difficile partie de la chasse. Avant que tu ne puisses vraiment la saisir et prétendre être un chasseur, il s'écoulera bien des années. »

Il marqua une pause pour m'accorder un répit. Il ôta son chapeau et imita les rats d'eau dressés sur leurs pattes arrière et faisant leur toilette. Il était comique avec sa tête ronde semblable à celle des rongeurs.

« Être un chasseur n'est pas simplement une question de pièges. Un chasseur qui vaut son pesant d'or n'attrape pas son gibier parce qu'il pose des pièges ou parce qu'il connaît les routines de ses proies, mais parce que lui-même n'a pas de routines. C'est là son suprême avantage. Il n'est absolument pas comme les animaux qu'il traque, ordonnés selon de pesantes routines et des astuces facilement prévisibles. Il est libre, fluide, imprévisible.»

À mon avis une telle déclaration ressortait d'une idéalisation aussi arbitraire qu'irrationnelle. Je n'arrivais pas à concevoir une vie sans routines. Désirant plus que tout rester honnête, je ne pouvais pas me contenter d'accepter ou de refuser simplement ce qu'il me disait. Je considérais que ce qu'il demandait était impossible à accomplir aussi bien par moi que par un autre.

«Tes réactions m'importent peu, dit-il. Si tu veux être un chasseur, il faut que tu brises les routines de ta vie. Tu t'es bien débrouillé pour chasser. Tu as appris très vite et maintenant tu sais que tu ressembles à ta proie, tu es facile à prévoir.»

Je lui demandai de citer des exemples plus concrets.

«Je parle de chasse, dit-il calmement. Par conséquent je m'occupe de ce que font les animaux, de l'endroit où ils mangent, du lieu, de la façon, de l'heure de leur repos, de l'endroit où ils nichent, de la manière dont ils se déplacent. Ce sont ces routines que je te fais remar-

quer afin que tu puisses les déceler intuitivement.

« Tu as observé les habitudes des animaux
du désert. Ils mangent et boivent à certains
endroits, ils nichent en des lieux bien définis,
chacun laisse une trace bien particulière. En fait
un bon chasseur peut prévoir ou déduire tout
ce qu'ils font.

« Comme je te l'ai déjà dit, tu te conduis à
mon avis comme ta proie. Une fois dans ma vie
quelqu'un m'a fait la même remarque, donc ton
cas n'est pas unique. Tous nous agissons à l'ins-
tar des proies que nous poursuivons, ce qui, bien
évidemment, fait de nous la proie de quelque
chose ou de quelqu'un d'autre. Par conséquent
un chasseur qui sait cela n'a qu'une idée en
tête : ne plus être lui-même une proie. Vois-tu
ce que je veux dire ? »

Je maintins que ce but est impossible à
atteindre.

« Cela prend du temps, dit-il. Tu pourrais simplement commencer par ne pas déjeuner tous
les jours à midi sonnant. »

Il me regarda avec un sourire bienveillant.
Son expression m'amusa et j'éclatai de rire.

« Cependant il existe des animaux impossibles
à pister, reprit-il. Par exemple certains genres de
cerfs qui, par une chance extraordinaire, croi-
sent la route d'un chasseur heureux, mais jamais
qu'une seule fois dans la vie d'un chasseur. »

Il fit une pause à effet dramatique puis me jeta

un regard perçant comme pour susciter une question de ma part, mais je n'en avais aucune.

«À ton avis, qu'est-ce qui les rend si difficiles à trouver et tellement exceptionnels?»

Ne sachant que répondre je haussai les épaules.

«Ils n'ont aucune routine, dit-il avec emphase. C'est ce qui les rend magiques.

— Un cerf doit dormir la nuit, dis-je. N'est-ce pas là une routine?

— Sans aucun doute si le cerf s'endort chaque nuit à une heure donnée à un endroit particulier. Mais ces êtres magiques n'agissent pas ainsi. D'ailleurs un jour tu t'en rendras compte. Peut-être ta destinée sera-t-elle d'en chasser un pour le reste de tes jours.

— Que voulez-vous dire?

— Tu aimes chasser. Peut-être qu'un jour, quelque part dans le monde, tu croiseras la trace d'un de ces êtres magiques. Alors tu pourrais le prendre en chasse.

«Voir un être magique est quelque chose d'inoubliable. J'ai eu la chance d'en rencontrer un, quand j'avais déjà appris et beaucoup pratiqué la chasse. J'étais dans une épaisse forêt des montagnes du centre du Mexique lorsque soudain j'entends un sifflement discret. Jamais pendant toutes ces années de chasse je n'avais rien entendu de tel. Je n'arrivais pas à identifier l'origine de ce son car il venait de partout à la fois.

Je croyais être entouré par une meute ou un troupeau d'animaux inconnus.

« Une fois encore j'ai perçu ce sifflement captivant ; il venait de partout à la fois. Alors j'ai compris ma chance, j'ai su qu'il s'agissait d'un être magique, d'un cerf magique. Je savais bien que le cerf magique n'est pas sans connaître toutes les routines des hommes ordinaires, et aussi celles des chasseurs.

« Il est facile de savoir ce que le premier venu ferait en pareille circonstance. Sa peur le condamnerait à devenir une proie et se sachant une proie facile il ne lui resterait que deux issues. Ou bien s'enfuir, ou bien résister. Sans armes et pour sauver sa chère vie, il prendrait sans aucun doute ses jambes à son cou. Sinon, il préparerait son arme et attendrait soit en s'immobilisant sur place soit en tombant sur le sol.

« Par contre un chasseur qui s'aventure dans la nature ne se risquerait jamais nulle part sans avoir auparavant prévu ses points de protection. Donc, il se mettrait sur-le-champ à couvert. Il abandonnerait son poncho par terre ou bien le pendrait à une branche en guise de leurre, puis il se cacherait en attendant le prochain mouvement du gibier.

« Cependant en présence du cerf magique je me suis conduit tout autrement. En un éclair j'ai fait l'arbre droit et je me suis mis à gémir. En fait j'ai pleuré et sangloté pendant si longtemps que j'ai cru m'évanouir. Soudain je sens un souffle chaud. Quelque chose renifle mes cheveux juste derrière mon oreille droite. Je veux tourner la tête pour voir ce que c'est, et je m'écroule. Le cerf me regardait, je lui ai dit de ne me faire aucun mal. Et le cerf m'a parlé. »

Il arrêta net son récit et me dévisagea. J'eus un sourire involontaire. Cette histoire de cerf qui parle me paraissait peu croyable, pour m'exprimer avec modération.

« Il m'a parlé, insista don Juan avec un large sourire.

— Le cerf a parlé ?

— Oui. »

Don Juan se leva et prit son attirail de chasse.

« A-t-il vraiment parlé ? » dis-je d'un ton perplexe.

Il éclata de rire.

« Qu'a-t-il dit ? » ajoutai-je à moitié sérieux.

J'étais persuadé qu'il se moquait de moi. Pendant un moment il resta muet, un peu comme s'il tentait de se souvenir. Ses yeux brillèrent et il déclara :

« Le cerf magique m'a dit : Salut mon ami, et j'ai répondu : Salut. Puis il m'a demandé : Pourquoi pleures-tu ?, et j'ai répondu : Parce que je suis triste. Alors l'être magique s'est approché de mon oreille et tout aussi clairement que je te parle il m'a dit : Ne sois pas triste. »

Don Juan me regardait droit dans les yeux. Un éclair de pure espièglerie passa dans les siens. Il se mit à rire de plus en plus fort.

Pour moi cette conversation avec le cerf était plutôt niaise.

« Qu'attendais-tu ? dit-il en riant. Je suis indien. »

Son sens de l'humour me surprit tant que je ris avec lui.

« Tu n'arrives pas à croire qu'un cerf magique puisse parler ?

— Désolé, mais il m'est impossible de croire à ces choses-là.

— Je ne peux pas t'en vouloir, dit-il d'un ton rassurant, c'est une sacrée foutue chose. »

Composition Bussière.
Impression Novoprint
à Barcelone, le 12 décembre 2004.
Dépôt légal : décembre 2004.
ISBN 2-07-030532-5./Imprimé en Espagne.

132495